COLLECTION FOLIO

must emp

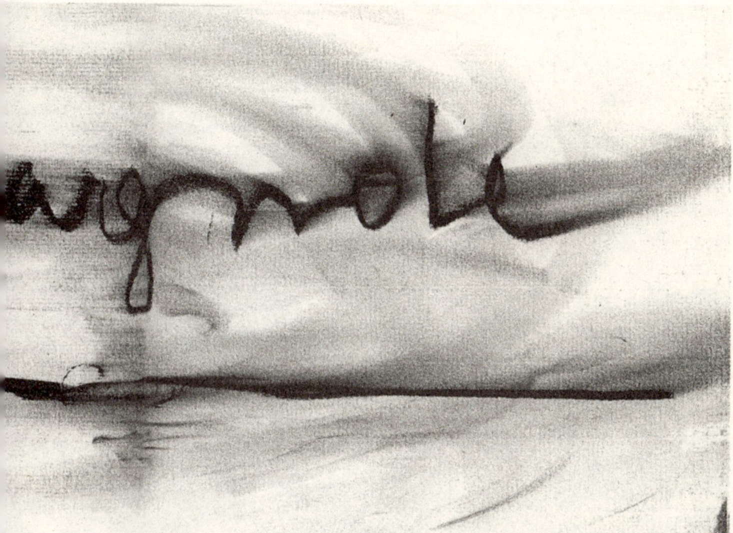

Christophe Ono-dit-Biot
Adel Abdessemed

Nuit espagnole

Tous les dessins du livre ont été réalisés
par Adel Abdessemed dans un cahier
durant la nuit du 11 au 12 juillet 2018,
au musée Picasso, entre 21 heures
et 5 h 30 du matin.

Gallimard

Né en Algérie en 1971, Adel Abdessemed est un artiste exposé dans le monde entier, du MoMA à New York au Centre Pompidou à Paris, qui lui a consacré une rétrospective en 2012.

Christophe Ono-dit-Biot est né au Havre en 1975. Agrégé de lettres, il est écrivain et journaliste. Il est l'auteur de six romans, dont *Birmane* (2007), prix Interallié, *Plonger* (2013), Grand Prix de l'Académie française et prix Renaudot des lycéens, et *Croire au merveilleux* (2017).

Il a aussi publié *Ciels d'orage* (2011), un livre d'entretiens avec l'auteur-dessinateur et cinéaste Enki Bilal, et *La minute antique* (2019), un essai sur l'Antiquité.

À Kamel Daoud, qui maîtrise sa colère.

À ceux qui ne se couchent pas ~~de bonne heure~~.

Nous avons l'art pour que la réalité ne nous fasse pas périr.

NIETZSCHE

Si on sait exactement ce que l'on va faire, à quoi bon le faire ?

PICASSO

Le bruit est dément. C'est même au-delà du bruit. Un hurlement de machine folle. Ça monte dans les aigus, ça traverse les tympans et ça parcourt le reste du corps, liquéfiant les organes. Ils ont beau se boucher les oreilles, ça passe quand même dans le cerveau, ce hurlement atroce, ça couvre tout, même le son des cloches de l'église qui, en Biscaye, servent de sirènes d'alarme. Elles ont sonné à toute volée au milieu de l'après-midi pour signaler l'irruption, dans le ciel, de formes noires trop connues, mais qu'on n'attendait ni ici ni aujourd'hui, jour de marché.

Le ciel s'ouvre comme une plaie et vomit ces frelons mécaniques, métalliques, en piqué pour tuer.

Juste avant, c'est le printemps. Le soleil est là, on est venus nombreux des villages avoisinants. Les enfants jouent au milieu du bétail, les hommes et les femmes discutent le prix des agneaux.

Ça commence avec un seul avion et qui lâche une pluie de grenades au cœur du village. Le souffle des explosions pulvérise les carreaux des fenêtres et pave les rues de miettes de verre tranchantes. Les gens courent vers la montagne ou les abris aménagés dans la ville depuis le bombardement de Durango le 31 mars. Il y en a un sous la place qu'ils appellent « El Paseo », où l'on célèbre la « fête des lundis ». Ceux qui peuvent courent. Les autres, trop vieux ou paralysés par la peur, demeurent. On les prend par la main pour les aider. Ils hurlent : d'autres avions apparaissent, frappent et les bâtisses à ossature de bois flambent aussitôt. L'odeur est brûlante, pique les yeux, donne la nausée. Ces maisons accueillantes sont changées en brasiers. Au milieu des détonations et des rafales d'air tiède qui puent la mort, les cris de douleur montent vers le ciel comme les bras qui implorent et la terre, projetée en mottes à plusieurs mètres de haut par les impacts. Des chevaux, bloqués par leurs liens, hennissent dans les flammes. Au bord des cratères, devant les corps calcinés de leurs voisins, de leurs parents, ou d'un troupeau entier de moutons, des femmes serrent contre elles leurs gamins, se rencognent où elles peuvent. Elles se font toutes petites et prient. Leurs lèvres bougent et les maisons s'écroulent.

Rester en ville, c'est mourir. Ceux qui sont dans les abris manquent d'oxygène, défaillent.

On a dit aux enfants qu'en cas de bombardement il faut mordre un morceau de bois pour que le souffle des explosions ne fasse pas éclater les viscères. Mais on ne respire plus. Des gravats obstruent les ouvertures.

Quitter la ville, c'est mourir aussi. Car d'autres appareils maintenant, des chasseurs, fondent sur ceux qui fuient, à pied ou en charrette, avec toujours ce mugissement strident qui avant le feu répand la terreur. Ils volent si bas qu'en se retournant les victimes pourraient distinguer le visage des pilotes concentrés sur leurs cibles désarmées, qu'ils criblent de balles dans les rues étroites. Ils frappent aussi les fermes isolées dans un rayon de huit kilomètres alors que l'usine Astra Unceta, qui fabrique des pistolets, est épargnée.

Le feu des mitrailleuses poursuit les femmes et les enfants et éparpille leurs corps comme des cartes à jouer. Les avions poussent les survivants à retourner dans les abris qu'ils écraseront ensuite sous les bombes incendiaires. C'est méthodique et implacable. Le ciel a perdu ses couleurs. La capitale spirituelle des Basques, la ville au chêne sacré où se réunissent les Anciens pour délibérer et prêter serment depuis le Moyen Âge, est précipitée dans l'enfer.

Trois heures plus tard, seule la nuit chasse les avions. Mais peut-on parler de nuit tant les flammes l'éclairent ?

Je m'arrête. Je doute et je suis fatigué. Je regarde, posée sur le dossier de la chaise, ma chemise zébrée de traits de charbon, et ce cahier gorgé des dessins d'Adel que je n'ose pas ouvrir. Je ne sais pas comment raconter cette nuit passée avec lui à l'ombre de Guernica.

Dois-je commencer par le bombardement, ce massacre dont on n'a pas d'images, hormis celles, mentales, qu'on peut se faire en consultant la presse de l'époque ?

Ou par le tableau qui a pris son nom à la ville martyre et a tout absorbé, tout dévoré de l'événement, réduit pour l'éternité à une seule image planétairement reproduite, *Guernica*, la *Joconde* de la guerre ?

Je regarde la chemise zébrée et je souris. Je revois Adel m'attaquant armé de ce morceau de charbon qu'il appelle « Germinal », riant de ce rire contagieux qui, comme dit son ami Kamel, est son plus grand chef-d'œuvre. Je le revois dessiner comme un fou juste avant que l'aube ne se lève, sur les pages du cahier puis, à coups rapides, sur les murs du musée, faisant naître des formes fantastiques comme sur la paroi d'une grotte.

Nos musées sont nos grottes.

Je souris : c'est par lui que je vais commencer, l'artiste que j'ai accompagné la nuit dernière, à la recherche d'un tableau absent et d'une liberté à retrouver.

« *À l'attaque !* » – je me permets de lui emprunter son cri de guerre. La guerre, il y a grandi. Juste de l'autre côté de la *mare nostrum*, en Algérie. Un pays où l'on prononce bien trop souvent le nom de Dieu pour qu'il ait envie de se montrer. Où chacun a son Guernica. Et où il est défendu d'en parler.

Allons réveiller les mémoires.

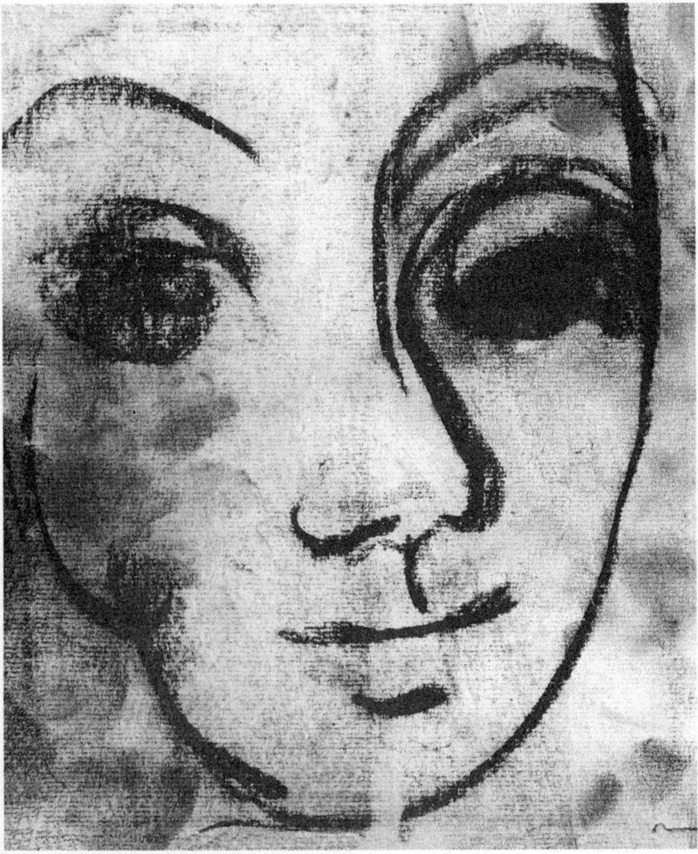

1

Il s'appelle Adel Abdessemed, artiste bouillonnant d'un feu inextinguible, phénix riant dans les flammes, enfant éternel.

C'est un artiste et c'est un barbare.

Un barbare, c'est-à-dire la seule chose un peu vivante dans cette époque morte.

C'est un barbare et c'est un Berbère.

Je l'avais vu quoi, une, deux, trois fois ?

Première fois : à Venise, entre le ciel et l'eau. Il exposait dans un entrepôt Renaissance, tout de pierres rouges et de fenêtres en ogive. Quoi ? Un cube d'animaux taxidermisés. Une compression puant la chair, la cendre et le pelage brûlé, qui précédait une autre de ses œuvres, *Who's Afraid of the Big Bad Wolf ?*, *Qui a peur du grand méchant loup ?*, nature morte au pied de la lettre qui avait, précisément, les dimensions de *Guernica*, 3,63 mètres sur 7,79. Comme le cube, s'y enchevêtraient des corps d'animaux réels, figés dans des attitudes de terreur et de souffrance, gueule ouverte, yeux révulsés, en plein spasme de mort. Des renards, des lièvres, des daims. L'Homme était le grand méchant loup. « Une image doit frapper, mais sans haine, comme le boucher », disait l'artiste, citant Baudelaire. J'avais remarqué, déjà, son rire fou, en cascades généreuses. Un Niagara de joie au milieu des drames : la vie va gagner.

Deuxième fois : à Arles, près d'une nécropole antique, en photo, son corps offert au feu, clamant en silence, bras croisés, regard de défi, mais serein, son « innocence ». *Je suis innocent* était en effet le titre de la photographie, à taille réelle : un artiste en flammes. Il était ensuite apparu en chair et en os, souriant dans son costume bleu, chaussé de sandales gallo-romaines qui allaient bien avec les blocs de marbre des ruines antiques encore debout non loin de là, dans le soleil et le chant des cigales.

« J'ai transformé mes larmes en rire », m'avait-il confié, sans qu'alors je puisse comprendre.

Troisième fois : à Paris, récemment, dans le dédale-déluge de son atelier en chaos créatif permanent. Une chambre d'enfant mal rangée autant qu'un théâtre tragique. Un loft-laboratoire des violences du monde. S'y massaient des dizaines de caisses de bois, des cartons à dessins, des barrières de police quatorze barreaux, dites Vauban, en acier galvanisé à chaud et pieds soudés en « gueule de loup ». Encore le loup.

Des établis solides soutenaient des bustes de ses proches, père, femme, enfant, mécène, sculptés en terracotta mais recouverts d'une couche de lames de rasoir qui leur faisait une seconde peau, une cotte de mailles. Contre quoi ? Il y avait différents outils, marteaux ou pinces, des fils électriques qui couraient sur le sol, se faufilaient dans des remorques de camions pour enfants, chargées de savants dispositifs et d'autres fils, gainés de rouge et de vert comme pour des détonateurs prêts à donner l'ordre d'exploser, et la tête d'un grand christ sculpté en fer barbelé, du même modèle – hérissé de rasoirs – que celui utilisé à Guantánamo pour garder les prisonniers en tenue orange.

Ce grand christ, il l'avait montré jadis en vis-à-vis du retable de Grünewald, à Colmar, et il avait réussi une manière de prodige, car ce christ donnait l'impression de pleurer de ses yeux absents soulignés par le barbelé comme un khôl acéré. J'avais effleuré du doigt ces paupières de métal. Le sang avait coulé. Le chagrin coupe.

Pas loin, Zinédine Zidane, statufié en Achille des pelouses, frappait de sa tête vaincue le torse d'un Agamemnon en short, Marco Materazzi. L'œuvre, devenue célèbre dans le monde entier, sublimait par un monument une défaite cuisante. Hommage au vacillement contemporain de toutes nos hiérarchies ? En 2013, ce corps-àcorps en trois dimensions avait été retiré de la corniche de Doha où il était exposé. Les autorités qataries avaient considéré que l'œuvre constituait « une invitation à l'idolâtrie alors que l'islam interdit toute statue représentant des êtres humains ou des animaux ». Voilà les mots qu'avait rapportés l'agence de presse italienne Agenzia Nazionale Stampa Associata. Des Qataris réclamaient pour ça une fatwa en bonne et due forme.

Ce n'était pas la première pour l'artiste.

Il exposait en Israël, ça ne plaisait pas tellement.

Dans l'atelier, il y avait aussi un portrait de Barack Obama, un disque d'« enregistrement public et inédit des Chœurs de l'Armée rouge », disait la pochette, des livres, beaucoup de livres, semés comme des pièces à conviction, donnant une idée assez précise de son arsenal imaginaire du moment (*Cinq années de ma vie* d'Alfred Dreyfus, *Le Chagrin des Belges* d'Hugo Claus, *Le Livre de mes rêves* de Fellini, L'Apocalypse de Jean). Derrière un vrac de feuillets couverts de ses coups de crayon, trois femmes nues en marbre blanc rayonnaient. Elles faisaient songer aux trois Grâces de Canova. En s'approchant, on reconnaissait la chancelière Angela Merkel telle que l'avait montrée une photo apparue sur la toile numérique, puis publiée dans le *Vanity Fair* espagnol alors qu'elle briguait son troisième mandat. Une photo qui semblait dater de sa jeunesse est-allemande, naturelle et sensuelle. Angela rentrait de la plage avec deux amies. Elles riaient, tout en douceur et en rondeurs, que le marbre de Carrare restituait à merveille, plus froid que la peau, mais que l'on aurait pu réchauffer par des caresses. La chancelière avait été réélue. En douceur et en rondeurs.

Près des belles jeunes femmes, immobiles comme des ouchebtis dans la nuit d'un tombeau, les personnages miniatures de *Shams* semblaient dormir. *Shams*, « le soleil », en arabe. Trente tonnes d'argile crue sculptée à l'image des ouvriers-esclaves qu'il avait vus au Qatar, élevant des tours de verre sous un ciel brûlant. Les nouveaux damnés de la terre ? Il semblait avoir pris l'expression au pied de la lettre en représentant ces hommes, grandeur nature, en argile brute, non cuite, le plus vivante possible, comme les fossiles humains d'une Pompéi moderne. Après plusieurs semaines d'exposition, l'argile séchant, les hommes tombaient en poussière. *Memento quia pulvis es.*

Dans cet atelier où il enfantait ce qu'il appelait ses « cauchemars de jour », il m'avait reçu, un verre à la main, et m'en avait servi un.

« Il s'appelle Socrate.

— Quoi ?

— Le vin. C'est d'une force… »

Il avait fermé les yeux en prononçant ces mots. On avait trinqué au-dessus d'un livre. Pas la Bible, le Coran ou *Le Capital*. Un livre du poète

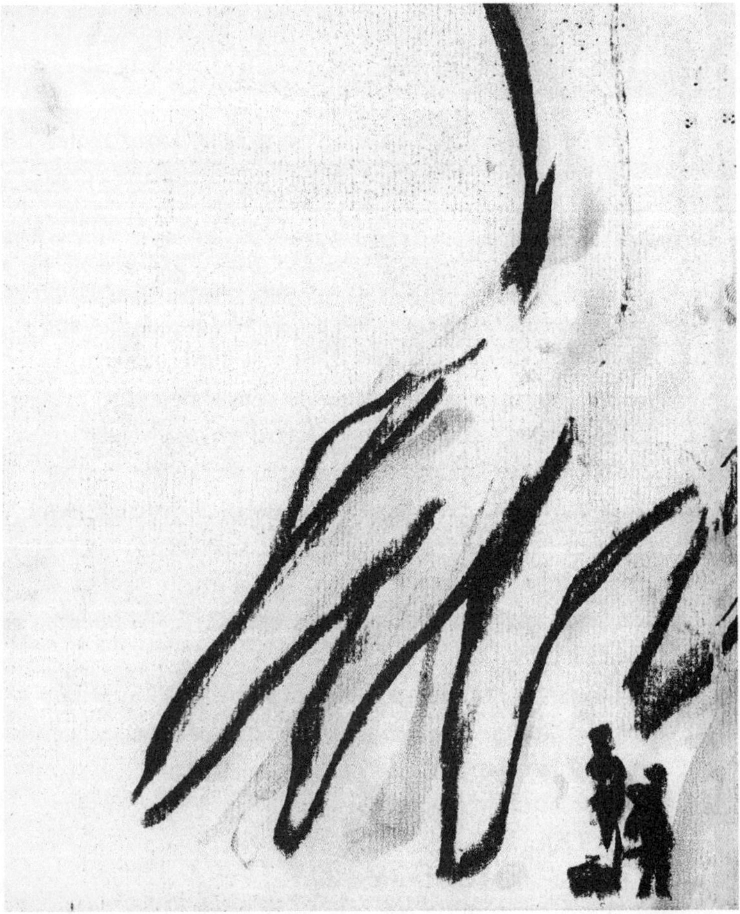

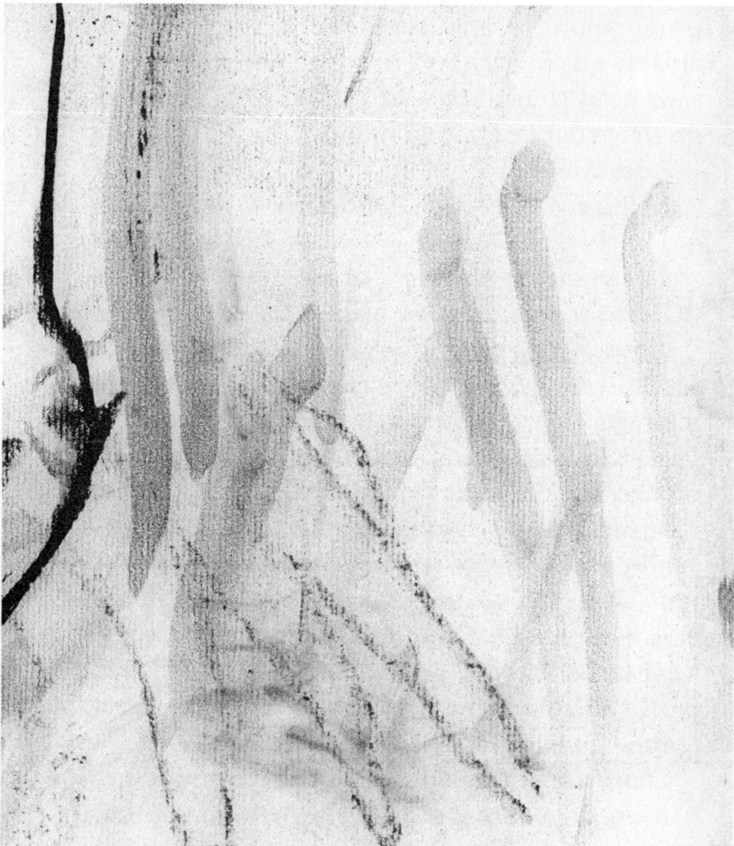

syrien Adonis, qui avait choisi comme nom de plume celui d'un mortel aimé d'une immortelle. Aphrodite avait aimé follement Adonis, provoquant la jalousie d'Arès, son frère et amant, qui fit tuer son rival par un sanglier. Le sang avait coulé, la déesse pleuré. Des larmes et du sang était née une anémone.

Adel avait récité :

« *Me suivras-tu ? Mon corps est mon ciel,*
J'ai ouvert tout grand les couloirs de l'espace
J'ai dessiné derrière moi mes cils,
Routes menant vers une idole antique. »

Nous avions parlé d'Orphée à cause d'une de ses œuvres, *Je ne me retourne pas*, un court-métrage où l'artiste tombait à genoux après avoir fait quelques pas dans son atelier, transpercé par un harpon sorti autant de *Moby Dick* que de chez Cocteau. Son fils, son dernier-né, était alors descendu avec sa mère par l'escalier qui séparait et unissait les deux niveaux de son repaire, l'atelier et la maison. « Le paradis est à l'étage du dessus », avait lancé l'artiste, prenant son enfant dans ses bras, son cinquième, né comme les autres de la femme qu'il aimait.

Dans son enfer, Adel Abdessemed se promenait en seigneur, fou de Dante et, comme lui, orfèvre en images corsées.

Et la quatrième fois, c'était donc cette nuit. Une Espagnole nous avait réunis.

2

Je ne connaissais pas l'Espagnole.

L'invitation m'était parvenue par la poste dans une enveloppe noire. À l'intérieur, une autre enveloppe et deux bristols, noirs également.

L'un portait ces deux mots, écrits à la main, en lettres blanches : « Guernica Project ».

L'autre, quelques phrases qui disaient en substance qu'une certaine *señora* Concepción Perez me conviait à accompagner l'artiste, que je connaissais un peu croyait-on savoir, dans un moment particulier, nocturne, inédit, qui restait à écrire. Une nuit au musée Picasso, à Paris. Nous y serions seuls jusqu'à l'aube. Et jusqu'à l'aube seulement. Quelle nuit ? Quand ? D'autres informations suivraient si j'acceptais. Deux cases accompagnaient le texte, à cocher. L'une flanquée d'un « SÍ », l'autre d'un « NO ». Sur l'enveloppe jointe et affranchie, dans laquelle il me faudrait envoyer ma réponse, une adresse :

Guernica Project
1, allée Federico-García-Lorca
Paris, 1er arrondissement

Pas de téléphone, pas d'adresse mail.

J'avais souri en relisant le nom : Concepción Perez. Celui de l'héroïne de *La Femme et le Pantin*, de Pierre Louÿs, roman publié en 1898 et adapté au cinéma par Josef von Sternberg en 1935 puis Buñuel en 1977 sous le titre *Cet obscur objet du désir*.

« N'approchez pas cette femme, fuyez-la comme la mort, laissez-moi vous sauver d'elle », avertit le héros qui s'y est brûlé. *La Femme et le Pantin* : le titre aurait été inspiré à Louÿs par un rieur et inquiétant tableau de Goya, *El pelele*.

Tout cela sentait la plaisanterie.

Sauf qu'Adel Abdessemed, qui s'était déjà fait tirer par un hélicoptère, suspendu par les pieds, pour réaliser un dessin infaisable ;

qui s'était accroché, en plein Atlantique, au milieu des vagues et des requins, à une planche de bois sur laquelle il écrivait, ballotté par les flots, les mots « *political corrrectness* », avec trois « r » ;

qui avait convaincu l'imam de la mosquée de Lyon d'apparaître nu dans une vidéo baptisée *Le Joueur de flûte* ;

qui avait enlacé un vrai lion, crinière, pattes, griffes, gueule, devant la porte de son atelier, était tout sauf un plaisantin même s'il riait beaucoup.

Pour lui, le mot « exposition » ne désignait pas seulement la monstration publique, en des lieux choisis, de son travail, mais il était à prendre, comme tout chez lui, dans son sens le plus strict. Adel Abdessemed n'exposait jamais sans s'exposer. Il « se jouait la vie », comme disent les toreros. Ou pour le dire comme Leiris, qui les aimait tant, les toreros, il affrontait en permanence « la corne acérée du taureau, qui seule – en raison de la menace matérielle qu'elle recèle – confère une réalité humaine à son art, l'empêche d'être autre chose que grâces vaines de ballerine ».

Je ne le cite pas à la légère, Leiris. Car la *menace matérielle*, hélas, s'était à nouveau invitée dans la vie de l'artiste et d'une manière sournoise, pas seulement intolérable mais *in-toréable*. Il traversait une passe compliquée, malgré son agilité et son courage. « Ça n'existe pas, une création sans peur », m'avait-il confié. Le tout était de la vaincre. Mais voilà, la mort planait encore au-dessus de sa tête si vivante et il ne pouvait cette fois identifier précisément d'où elle risquait de frapper. Ma présence requise était-elle liée à cette douloureuse conjoncture ?

Adel venait d'être à nouveau désigné comme cible. À cause d'une exposition à Lyon, « sa » ville, la première, en France, où il s'était installé tout jeune après sa fuite d'Algérie. Une œuvre ancienne était en cause, dans laquelle il dénonçait la souffrance animale. Et pour mieux la dénoncer, il la montrait.

Le film, intitulé *Printemps*, était très court mais, monté en boucle, paraissait durer un temps infini. On y voyait des poulets suspendus par les pattes et dévorés par les flammes, qui semblaient les brûler vifs. « Semblaient », car tout dans cette vidéo, hors les poulets, était illusion. Les flammes, spectaculaires, étaient indolores, créées par un produit utilisé dans le cinéma. L'artiste s'en était d'ailleurs servi un an avant sur lui-même pour *Je suis innocent*, mais ceux qui l'attaquaient n'avaient pas pris la peine de faire des recherches. Pour la vidéo qu'ils jugeaient monstrueuse, ils réclamaient un châtiment exemplaire sur les réseaux sociaux. Ils étaient, disaient-ils, des défenseurs de la cause animale. Ils ne savaient pas non plus – que savaient-ils ? – que celui qu'ils attaquaient en était un aussi. Et que derrière *Printemps* il fallait peut-être lire aussi une évocation du printemps arabe et des flammes terribles qui l'avaient déclenché à Sidi Bouzid, en Tunisie... Mais non : les menaces de mort pleuvaient sur lui et sa famille. L'institution, non préparée, bientôt l'abandonna au centre de cette toile gluante dont l'araignée se rapprochait. Il pensait à sa femme et à ses enfants.

Il décida de retirer son œuvre, laissant, au milieu de l'exposition, une salle vide.

Et le mot d'« autocensure », tout aussi meurtrier quand on parlait d'un artiste, avait été lâché.

Le jour où je l'avais vu dans son atelier, la fatigue se faisait sentir. Il avait évoqué l'incident. « Ces animaux sont mes pauvres frères, ils souffrent, dans un éternel recommencement, et je suis impuissant. On est dans une guerre d'images. Sauf que moi je ne mets pas de sous-titres. Godard l'a bien dit : une simple image n'est jamais une image simple. »

Alors ?

Titiller l'esprit d'un fantôme avec un grand brûlé de l'art, l'idée me plaisait. Sans parler de la possibilité, masochiste et rare, d'être le pantin d'une femme lettrée.

Mais il ne s'agissait pas simplement de plaisir, de curiosité, de doux frisson. Je pensais qu'il y allait aussi de mon honneur. J'admirais son travail, j'admirais sa personne, j'admirais l'énergie avec laquelle il se jetait dans la bataille, et sans cesse recommençait. Il était temps, peut-être, à ma façon, de prendre une toute petite part de son risque, ou du moins de le comprendre. D'être l'herméneute. De remettre des mots sur ses images. L'époque allait au pire. Comme d'autres, j'en avais le pressentiment. J'avais parfois l'impression d'être au seuil du labyrinthe qui menait à la terreur, et de sentir sur mon visage le souffle chaud de la bête et l'odeur de pourri de sa tanière. Adel était l'un des derniers hommes libres dans un monde pétrifié par la peur, où même les artistes – mais comment leur en vouloir ? – désertaient désormais les avant-postes. Éclaireurs, vigies ? Trop dangereux... Une certaine censure, non dite, mais bien réelle, s'exerçait contre eux, le champ de la politique, du sexe ou de la religion semblait de plus en plus miné, et la plupart s'échappaient par la sortie de secours de la dérision, du grand spectacle, du divertissement.

Ces sorties de scène qui permettaient d'y rester quand même étaient parfois réussies, il fallait le reconnaître, mais souvent pathétiques de fadeur, car sans enjeu, sans âme, sans beauté. D'ailleurs, je trouvais la plupart des artistes tristes comme des embaumeurs de cadavres, ils n'y croyaient plus eux-mêmes, ils accommodaient les restes, c'est tout. Adel, lui, continuait de pratiquer une cuisine épicée, et je dis « cuisine » car cet art-là, qui n'est pas loin de l'ancienne alchimie, comptait au premier chef, chez lui. Se nourrir, et nourrir. Prendre des forces, et en donner. Une histoire de saveur, de vitamines, de lien à la nature, au vivant. À nouveau, je pensais à ses mots : « Ça n'existe pas, une création sans peur. » Il ne la niait pas, redisons-le, mais il voulait la vaincre. Pour le salut du monde ? Pour le sien ? Allez savoir...

C'était le moment, et sans doute restait-il peu de temps. Par un étrange retournement, la notion d'engagement même était devenue suspecte, non pas saluée mais montrée du doigt comme un faux pas, une preuve de mauvais goût, une arrogance à châtier.

À quoi sert un artiste ?

Je voulais faire un geste. Accompagner ce Thésée aux grâces faunesques, dans cet autre labyrinthe qu'est un musée. Surtout celui-là.

Picasso, pas un hasard. Évidemment pas un hasard. Concepción faisait bien les choses, agitant pour nous la muleta suprême de la peinture, la muleta noire comme le sang quand il n'a plus d'oxygène : *Guernica.*

Qui était Concepción ? Comment avait-elle obtenu les clefs de l'arène picassienne ?

Je m'en fichais bien : demande-t-on à Ariane où elle est allée trouver son fil ?

J'ai coché la case « SÍ ».

En même temps il disait :
« Le taureau n'est pas le fascisme mais
la brutalité et l'obscurité »
L'anticulture alors :
le symbole de quelque force que la culture
doit essayer de dominer mais aussi qui
la fascine.
C'est dans Who's Afraid of the Big Bad Wolf
que je me suis référé, connecté en tant
qu'artiste à Guernica :
j'ai utilisé les mêmes dimensions que
celles de ce tableau
Mais pour faire cela je suis passé à travers
une autre tragédie du siècle passé, la
plus grande peut-être, en tout cas, hors
de mesure :
Hiroshima
j'étais pas là mais je l'ai vécue
– Pourquoi Hiroshima ?
– Parce que c'est un CLIC. CLIC ! quelqu'un
a appuyé sur le bouton. D'un clic, un
monde a disparu...

3

Quelques jours après, je recevais d'Adel une poignée de pages manuscrites par la poste. Sur de grandes feuilles arrachées à un bloc-notes, une belle écriture, très lisible, jetait des phrases parfois claires, parfois sibyllines.

Nuance !
(mes notes)

La figure du Minotaure est très présente dans l'œuvre de Picasso...

Je ne suis pas un Minotaure

J'ai rien à faire avec Picasso... Lui il a peint l'ampoule dans Guernica, moi je l'ai écrasée

Une figure ambiguë entre l'exaltation d'une énergie primordiale et la représentation du mal, du négatif.

Picasso rêvait d'être picador. Il s'est identifié souvent au taureau, au Minotaure, et seulement à la fin de sa vie, face à la mort, au torero.

En même temps il disait :

« Le taureau n'est pas le fascisme mais la brutalité et l'obscurité. »

L'anticulture alors :

le symbole de quelque force que la culture doit essayer de dominer mais aussi qui le fascine.

C'est dans Who's Afraid of the Big Bad Wolf? *que je me suis référé à* Guernica *:*

J'ai utilisé les mêmes dimensions que celles de ce tableau

Mais pour faire cela je suis passé à travers une autre tragédie du siècle passé, la plus grande peut-être, en tout cas, hors de mesure :

Hiroshima

J'étais pas là mais je l'ai vécue

— Pourquoi Hiroshima ?

— Parce que c'est un CLIC. CLIC ! Quelqu'un a appuyé sur le bouton. D'un clic, un monde a disparu…

— J'étais pas là et pourtant je porte ce coup dans mon corps. CLIC ! BANG. Fin.

Dans Who's [Afraid] of [the] Big Bad Wolf?… *il n'y a pas de figures symboliques mais une masse de corps d'animaux brûlés, où chacun est/a été un individu, et est désormais l'élément d'un ensemble indistinct…*

Pour moi Hiroshima, ça a été…

La messe noire pour le bourreau,

Pour le pouvoir de destruction :

Un ensemble d'individus pour les victimes.

Face à cette apocalypse, l'incapacité des yeux à soutenir de telles visions :

Ah ! devenir aveugle ! Ne plus voir l'effroyable !

Je pense à Primo Levi…

Who's Afraid of the Big Bad Wolf? *est le résultat de cette condition violemment paradoxale de l'artiste : je veux montrer ce que je ne veux pas voir. Je ne veux pas voir ma vision*

Moi j'ai écrasé l'ampoule, dans une vidéo que j'ai appelée Nuance…

L'écriture n'est pas mon langage, c'est l'image.

Ma réponse à Guernica *est* Nuance.

« On dirait bien que l'expérience est enclenchée », me suis-je dit. Je l'ai appelé. Il m'a juré ne pas connaître la *señora* Perez autrement que par lettre. Il avait reçu la même invitation que moi, c'est tout : voulait-il passer une nuit au musée Picasso avec moi comme scribe ?

« Comme scribe ?

— C'était écrit *scribe*, oui. Tu aurais préféré quoi ? Janissaire, escorte, garde suisse ?

— Garde-fou, peut-être. J'ai lu ta lettre… »

Il a éclaté de rire.

J'ai repris :

« Et tu as dit oui ?

— J'ai dit *sí*. À l'attaque ! À l'attaque de Picasso !

— Et je suis censé faire quoi ? T'observer ? Prendre des notes ?

— M'accoucher, peut-être ? Maïeutique, maïeutique… J'apporterai Socrate ! »

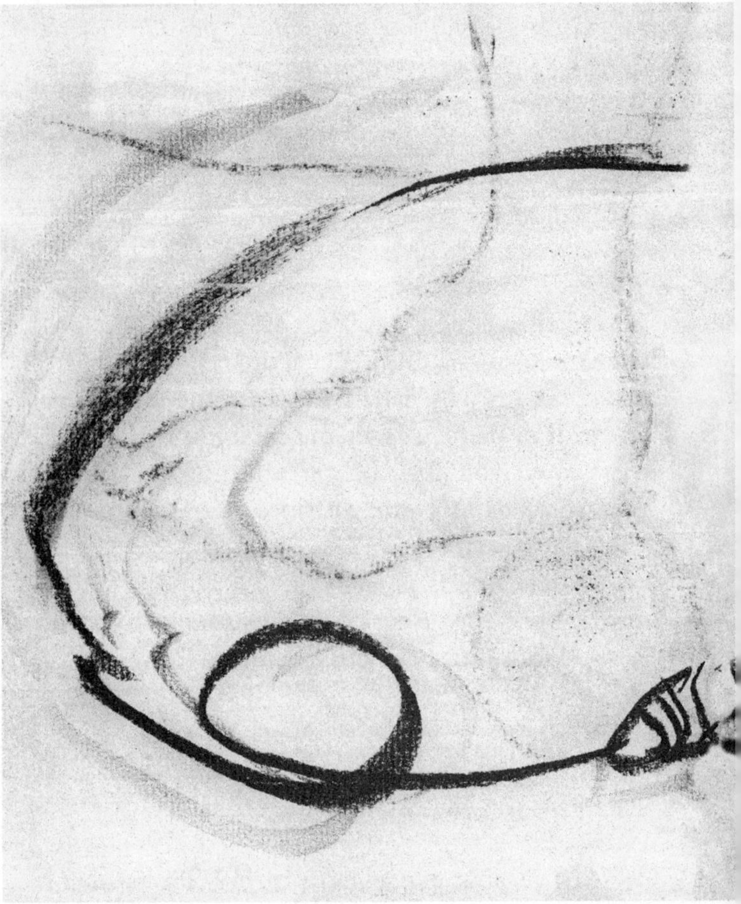

Socrate, père de la « maïeutique » : en philosophie, l'art d'accoucher les esprits des vérités oubliées, du grec μαῖα, la « petite mère », la nourrice.

— Socrate ?

— Socrate. Le vin qu'on a bu, à l'atelier. C'est de la beauté ! »

Il a encore une fois éclaté de rire. Se moquait-il de moi ?

*

Deux instructions seulement : il fallait y être avant 20 heures et quitter le musée à l'aube, impérativement. Et quoi, sinon ? Changés en citrouilles, en statues de sel ?

4

Adel m'avait donné rendez-vous près du musée dans une « librairie-bar » répondant au nom de La Belle Hortense. Elle était nichée dans le Marais, ce quartier parisien queer et cossu qui fut au Moyen Âge une zone inondable avant d'être investi par les ordres religieux les plus divers. Dieu contre les inondations ? Le Christ, après tout, sait marcher sur l'eau.

À 19 h 15, j'ai poussé la porte de la librairie-bar. Concept prometteur : les noces de l'alcool et de l'encre, autant dire une ivresse redoublée.

J'ai aussitôt perçu son rire dément, ou plutôt trop humain pour cette époque qui fait la gueule parce qu'elle n'a plus de face.

Adel avait un verre à la main et se penchait vers la taulière, séparé d'elle par un comptoir de zinc. Ils étaient cernés de livres et de bouteilles. Quelques clients levaient le coude en tournant les pages. Et réciproquement.

« Mon ami ! » hurla-t-il en m'apercevant.

Il avait comme d'habitude l'œil qui pétillait

d'impatience et les cheveux en bataille. Tout, chez lui, était en bataille, et impatient. Il était pieds nus dans ses sandales de légionnaire romain, son corps dense, énergique, massif, un corps de judoka, vêtu de bleu encore, toujours. Un bleu de chauffe redessiné par un styliste venu, comme lui, de l'autre côté de la Méditerranée, là où poussent les ruines romaines et les bidonvilles, les palmiers et les chants du muezzin, le sable et les femmes dont on ne voit plus le visage.

À l'une d'entre elles, Adel en avait redonné un dans l'un de ses tout premiers travaux. Un film, *Chrysalide* (1999), où on le voyait tourner autour d'une femme voilée de noir des pieds à la tête, tirant entre ses doigts le fil de l'étoffe. La femme qu'elle enveloppait tournait sur elle-même dans l'autre sens pour aider son libérateur, et peu à peu advenait à la lumière son corps nu.

Une œuvre applaudie. Et censurée.

Adel donc était là, riant encore, son verre « plein d'un vin trembleur comme une flamme ». C'est à ça que j'ai pensé à cause de son rire et de son verre, à ce poème qui longtemps fut mon préféré d'Apollinaire.

Le verre et le vers : *Alcools* sera toujours le plus beau des titres.

« Tiens, mon ami », m'a-t-il dit en me tendant une coupe, un feu d'or et de bulles.

Au-dessus de nos têtes s'inclinait un grand miroir. La salle s'y reflétait tout entière ou presque, ses bouteilles et ses livres et leur très étrange classement, remarquai-je. Pas par noms d'auteur ou par thèmes, mais par contrastes de titres… *L'Été* de Camus venait immédiatement à côté de l'*Éloge de l'ombre* de Tanizaki, *Par-delà le bien et le mal* se serrait contre *Crime et Châtiment*, comme *L'Odyssée* et le *Voyage autour de ma chambre*, ou *Lolita* tout contre *Une vieille maîtresse*… Tant d'injonctions contradictoires qui m'ont fait murmurer : « Le plus dangereux ici n'est pas ces liqueurs et ces flacons remplis d'eau de feu dont nos langues seront les mèches, mais ces petits tas de feuilles sèches qui peuvent à tout moment embraser l'âme.

— Qu'est-ce que tu dis ? »

J'ai secoué la tête et tendu à Adel mon verre vide. Le miroir m'attirait. J'ai levé les yeux et dans son cadre est apparue une fille que je n'avais pas vue. Postée à l'extrémité gauche du zinc, occupée comme tout le monde ici à boire un verre en lisant. Ou à lire en buvant ? Dans les flots de sa chevelure noire brillait l'or des larges boucles qui ornaient ses oreilles, jetant des lueurs fauves dans l'eau du miroir.

Mon intérêt s'est encore avivé lorsque j'ai pu déchiffrer, sur la couverture jaune frappée d'une chouette, le titre de son livre : *Hymnes orphiques.* Pas vraiment le dernier polar à la mode, mais un recueil de 87 ou 88 invocations aux dieux antiques, d'origine incertaine, datant du IIe ou du IIIe siècle.

Elle a commandé un autre verre avec un accent espagnol qui m'a fait dresser l'oreille. Adel aussi avait entendu. Il a tourné la tête dans sa direction.

Je me suis penché vers lui :

« C'est elle ?

— Peut-être. »

Je me suis approché de la jeune femme.

« Excusez-moi, ai-je dit doucement, vous allez au musée Picasso ? »

Elle m'a dévisagé de ses grands yeux noirs, protégés par de très longs cils.

« Non. Je devrais ? »

J'ai hésité à poursuivre. Adel s'est manifesté.

« Je suis l'assistant d'Adel Abdessemed », a-t-il lancé.

Elle n'a eu aucune réaction.

« Moi, j'assiste les naissances », s'est-elle contentée de répondre.

Et comme nous restions interdits :

« Je suis sage-femme. »

Je jure que c'est vrai.

« Et vous vous intéressez aux *Hymnes orphiques* ? » ai-je demandé.

Elle a laissé passer quelques secondes.

« Je travaille sur Artémis. »

Adel a ouvert de grands yeux :

« Cette phrase est dingue… »

Ça ne me suffisait pas :

« Travailler… Vous faites une thèse ? »

Elle a hoché la tête.

« Mais Artémis est vierge, ai-je poursuivi. Elle n'enfante pas.

— C'est la déesse de la chasse, mais aussi des accouchements. »

Il y a des conversations qui nécessitent sans doute un plus haut degré d'initiation. J'ai terminé mon verre d'un trait. Le feu courait déjà dans mes veines. Adel a éclaté de rire et lancé : « Maïeutique ! Maïeutique ! Je te l'avais bien dit ! » Quelques lecteurs-buveurs ont levé la tête. La taulière a posé un doigt sur ses lèvres. Il s'est tu et a regardé sa montre.

« Il va falloir qu'on y aille, a-t-il dit.

— D'accord. »

Et me tournant une dernière fois vers elle :

« Et vous n'êtes pas... Pardon, quel est votre prénom ?

— *Por favor...* » a-t-elle répondu.

Adel a posé la main sur mon bras. Une pression ferme.

« Viens, Socrate nous attend. »

Il a désigné à ses pieds un sac à dos noir, visiblement bien rempli. « Et Pablo, aussi. À l'attaque ! »

J'avais à nouveau l'impression qu'il se moquait de moi. Qu'il en savait plus.

Il a lancé son sac sur son épaule et poussé la porte de La Belle Hortense. Ultime regard derrière moi : la servante d'Artémis lisait toujours, et le soir tombait sur le Marais.

5

Un hôtel particulier gardé par des sphinges en plein Paris. Offert après sa mort au génie qui faisait toréer des hommes et des minotaures, sacrifiait à coups de pinceau des jeunes femmes au dieu cannibale du désir, mettait le réel en cubes, en courbes et en cris, et baptisé « l'hôtel Salé », ça ne s'invente pas.

Rien de symbolique, pourtant : son premier propriétaire, un certain Pierre Aubert, collectait et gérait pour le roi l'impôt sur le sel. Ce super-gabelou avait prospéré grâce à son activité et avait pu assez vite s'édifier ce bijou baroque sur un terrain acheté à une congrégation religieuse. Il s'était offert aussi un titre de noblesse en acquérant un office de *secrétaire du roi*, charge surnommée par la vieille noblesse « savonnette à vilains » en raison de l'ascension sociale rapide qu'elle prodiguait à ces gens sans pedigree qui avaient décidé de mettre leurs talents au service de l'État.

La bâtisse avait également servi de résidence à un dénommé François de Neufville de Villeroy, militaire qui avait reçu un bâton de maréchal sous Louis XIV mais s'était révélé incapable de commander, sauf peut-être dans l'intimité comme le révélaient dans leur correspondance mesdames de Sévigné et de Coulanges, qui l'appellent « le Charmant » avec un « C » visiblement capital…

« Je veux une vieille maison », avait dit un jour Picasso à Gertrude Stein. Conformément aux désirs du peintre, on avait choisi pour lui un lieu qui avait vécu. L'hôtel Salé avait aussi accueilli l'ambassade de la république de Venise.

« Je vois que tu t'es documenté, a lancé Adel en pressant, rue de Thorigny, le bouton de l'interphone.

— J'aime bien savoir qui a dormi là où je vais fermer l'œil.

— Parce que tu crois que tu vas fermer l'œil ? »

Il a éclaté de rire, encore une fois. Et c'est comme si ce rire avait fait s'ouvrir la double porte. À l'intérieur du bois bardé de ferronnerie, une série de cliquetis s'est fait entendre : une savante mécanique se mettait en action. L'un des battants a coulissé sur son axe, et un vigile en uniforme est apparu, nous faisant signe d'entrer dans la cour pavée.

La bâtisse en imposait avec ses quatre étages et ses frontons. J'ai aperçu les sphinges sur les terrasses, pattes croisées, poitrines proéminentes, regards d'oiseaux de proie. Nous, les proies ?

Adel a pénétré le premier dans le musée, son

lourd sac à dos sur l'épaule. Dans les anciennes écuries transformées en hall d'entrée trônait une reproduction de *Guernica* à taille réelle. Une reproduction puisque l'original n'avait plus le droit de sortir du musée Reina Sofia, à Madrid.

« C'est quand même étrange de faire une exposition sur *Guernica* sans *Guernica*, fis-je remarquer.

— Le tableau brille par son absence, lança Adel avant de citer le vers célèbre de Mallarmé. *Aboli bibelot d'inanité sonore.*

— Un gros bibelot », répondis-je en suivant le vigile qui nous conduisit au « grand escalier ».

Architecturalement, c'était la pièce maîtresse du musée. Il reproduisait celui qu'avait créé Michel-Ange à la bibliothèque Laurentienne de Florence : deux volées de marches, couronnées par un balcon en saillie, lui-même surplombé par un plafond décoré d'aigles tenant le foudre, de guirlandes et de divinités éparses…

« *Rien existe et soi, spécialement, au reflet de la divinité éparse…* » récita Adel en me les montrant du doigt, comme s'il m'avait entendu.

Mallarmé encore… Le plus hermétique des poètes français avait magnifiquement décrit l'activité d'écrire comme « jeu insensé ».

« *La goutte d'encre apparentée à la nuit sublime*, poursuivit Adel.

— Tu lis dans mes pensées ?

— Toi aussi bientôt, j'espère », répondit-il en me décochant un clin d'œil.

Le vigile contourna l'escalier. Entre ce dernier et le mur, un espace avait été aménagé avec une table et une lampe de bureau, très simple, du genre de celles qu'on braque à la face des suspects pour les interroger, et deux lits. Des lits de camp. Pliables, tendus de toile, avec chacun leur paquetage nocturne : un oreiller, un drap, une couverture.

Une jeune fille apparut. Blonde et fine. Travaillait-elle aussi sur Artémis ? Son allure sévère et son professionnalisme me ramenèrent tout de suite aux réalités. Elle me tendit un parapheur et un stylo. Elle travaillait non pas sur mais *pour* le musée, qui souhaitait « se dégager de toute responsabilité » quant à ce qui pourrait nous arriver pendant la nuit. J'ai posé les yeux sur le document : « blessures, dommages matériels et/ou corporels et/ou incorporels occasionnés ou subis, en cas de vol ou de perte de bien ainsi que pour toute autre dégradation lors de cet événement ».

Je repensais : « Jeu insensé. » Et je tentai : pourquoi le musée avait-il accepté l'expérience ? Elle ne savait pas. Elle ne connaissait pas le Guernica Project. Ni la *señora* Perez. D'autres étaient-ils venus avant nous ? Pas mieux. Elle ne travaillait ici que depuis peu, précisa-t-elle. Il fallait faire précéder la signature d'un très formel mais indispensable « lu et approuvé ». Adel nous interrompit et signa le document sans le lire. Je fis de même.

La jeune fille disparue, il posa son sac à dos sur la table et en sortit plusieurs bouteilles.

Quatre, exactement, de formes diverses, mais unies par leurs noms étranges : « La Barbarine », « La Sereine Noire », « Art Russe »…

« Je les ai reçues il y a quinze jours, cadeau. Un ami architecte qui connaît les secrets des roses des sables. Normalement, on devrait commencer par le côte-rôtie, mais il faut qu'il s'aère, et puis, d'abord, il y a ça, dit-il en me présentant une bouteille dont l'étiquette portait un simple nom. Cuvée "Socrate". Chose promise. Tu l'as déjà goûtée dans mon atelier. Château Massereau, à Barsac. Deux frères à la manœuvre. Cueillette grain par grain, pressage manuel. Du vin à l'ancienne. Je me suis dit qu'il fallait qu'on commence par le verbe. Nous avons déjà l'âme.

— Et le corps, j'espère.

— Manipulation des jus uniquement par gravitation. La beauté… »

Il me tendit un verre. Ou plutôt un calice. En argent massif, gravé au nom du célèbre barman d'un des plus grands hôtels de France. « C'est un personnage de roman, que je connais depuis son arrivée à Paris. J'ai fait des cocktails avec lui. Le cocktail d'Azzedine avec les piments, j'en suis à l'origine. Vodka-piment-calvados, faudra que je te fasse goûter. »

Azzedine Alaïa. Son cher ami défunt. L'homme qui sculptait l'étoffe sur le corps des femmes, qui affirmait ne pas avoir d'âge, comme les pharaons. Il reposait désormais auprès de sa mère, de son frère et de sa sœur à Sidi Bou Saïd, en Tunisie.

Adel ôta le bouchon de Socrate et le bruit joyeux annonçant la libération du jus s'invita comme un intrus dans le silence du musée.

« Tu te souviens, dis-je, que dans *Le Banquet* de Platon, Alcibiade prétend que Socrate est semblable aux silènes, ces petites boîtes qui représentent un homme très laid mais qui contiennent, à l'intérieur, de belles statues de dieux ?

— J'ai un trou de mémoire, répondit Adel. Tiens, la voilà ta statue de dieu. »

Socrate coula dans le verre. Socrate liquide. Socrate en sang. Adel disposa les autres bouteilles selon un ordonnancement connu de lui seul. « On terminera par le côte-rôtie, donc. Tu connais Gangloff ? La Sereine Noire. Ce nom, je me disais que ça te plairait. On l'aère aussi… C'est un chef-d'œuvre. On attaque les bordeaux et on finit avec ça, ça permettra de dormir un peu. »

De mon sac à moi, j'ai sorti le *jamón ibérico de bellota*, finement tranché. De la « patte noire » qui avait gambadé en plein air.

Un bon gros pain, aussi, et un couteau. Et le dictaphone, que j'ai posé à côté de mon Mac.

On a trinqué.

« Contre les trous de mémoire, dit Adel. *Guernica*, c'est un trou de mémoire. »

Toute la nuit, cette table et sa lampe seraient notre camp de base.

On ne les avait pas entendus venir.

Deux vigiles. Des jumeaux. Massifs et sveltes, était-ce possible ? Ils se présentèrent et me broyèrent la main en la serrant. Ils avaient un fort accent de l'Est, et des yeux tellement clairs qu'ils semblaient lavés à la vodka et comme enfoncés au marteau dans un visage plat et carré. Déjà, le cubisme... Avec ses angles, et ses rondeurs : biceps, deltoïdes et pectoraux roulaient sous la toile de leur uniforme blanc.

Ils ressemblaient, de fait, plutôt à des infirmiers dans un film d'espionnage. À tout sauf à des vigiles de musée. Connaissaient-ils la *señora* Perez ? Ils me lancèrent un regard qui n'indiquait rien d'autre que l'ordre de ne plus poser de questions. Adel leur proposa à boire mais ils déclinèrent l'invitation. Enfermés dans leur PC sécurité, ils ne nous dérangeraient pas, et nous aurions « conformément au protocole de l'expérience » le musée pour nous seuls. Ils terminèrent par la phrase rituelle « Faites comme chez vous » qui, prononcée avec leur accent slave, semblait dire autre chose. Lourde de menaces, pour être clair. Ils s'éclipsèrent.

Un grand froid était tombé sur le musée, qui demandait à être dissipé d'urgence. Adel termina son verre d'un trait et je fis de même.

« À l'attaque ! » lança-t-il.

Il s'élança dans l'escalier, son cahier sous le bras. Je n'étais pas rassuré.

6

La guerre était dans la salle. La guerre d'Espagne, l'atroce guerre d'Espagne, résumée, condensée en un châssis sans sa toile.

Pas un simple châssis, pas une simple toile : le châssis de *Guernica*. Un châssis nu, ou du moins ce qu'il en restait. La toile avait été confiée au musée Reina Sofía, à Madrid, qu'elle ne quitterait plus. « Le nouveau rapport d'Amnesty International dénonce les conditions de détention des prisonniers politiques basques, ceux de l'ETA et *Guernica* », avait ironisé un journaliste quand l'œuvre avait été installée, au début, derrière un verre antiémeute.

Interdite de sortie, *Guernica*. Trop fragile, trop lourde, trop énorme pour être transportée. Pas moins de six caisses : une pour le rouleau de 516 kilos qui contient la toile, une autre pour le châssis et quatre pour les dessins préparatoires. C'est ce qu'on lisait sur les cartels relatant le transfert épique du tableau depuis l'aéroport JFK de New York jusqu'à sa dernière demeure madrilène. Un vol commercial assuré par la compagnie Iberia, référence IB-952, et effectué par un Boeing 747 EC-DLD nommé *Lope de Vega*. Le nom du plus grand écrivain du siècle d'or espagnol – avec Cervantès, qui l'appelait « le Phénix, le monstre de la nature » – c'était parfait pour *Guernica*, qui s'était posée triomphalement sur le tarmac de l'aéroport de Barajas, avec tous les honneurs qui lui étaient dus, le 10 septembre 1981 à 7 h 45.

Ce châssis nu, Adel l'a contemplé en silence. Le bois avait connu l'atelier du 7, rue des Grands-Augustins et les *clic-clic* en rafales de Dora Maar. La fameuse Dora, shootant Pablo en train de peindre *Guernica* dans le parfum musqué de leurs étreintes sous les étoiles du ciel de Paris qui n'était pas, lui, rouge du sang des civils espagnols dont la toile véhiculait les cris. Vingt-huit mètres carrés, le support à cauchemar. Dépourvu de son montant droit comme une parenthèse non refermée – n'était-ce que la moitié du châssis ? –, il ressemblait à l'ossature d'une coque de galère très ancienne qu'aurait retrouvée sous l'eau un archéologue à bouteille. Une coque aplatie d'un coup sec, non pas sous le poids des chenilles d'un char d'assaut mais sous les bombes allemandes. Un châssis sans sa toile est un squelette. Un squelette de tableau.

« Don Pablo, je suis mandaté par le gouvernement pour vous passer commande d'une œuvre de grande dimension qui recouvrira un mur entier », lui aurait dit José Gaos, le commissaire général du pavillon espagnol à l'Exposition universelle de 1937. On ne sait pas exactement : on n'a jamais retrouvé la lettre de commande de *Guernica*.

Je remarque, en écrivant, qu'on dit « châssis » pour un tableau comme pour un canon. Celui-ci était de très longue portée.

En vis-à-vis du châssis nu était accroché un magnifique tableau noir et gris, rectangle net. Un embryon de *Guernica*. Une étude pour *Guernica*. Une tête de cheval. Le cheval qui hennit, ses petits yeux hallucinés, avec cette langue qui lui sort de la bouche, tendue, coupante comme un poignard.

Adel ouvrit son cahier et sa mine germinale à la main commença, debout devant l'étude, à rayer de noir l'épais papier blanc. Puis se tournant vers moi et me brandissant sous les yeux le cahier ouvert en deux : « Tu vois, c'est facile, Picasso ! »

Et d'éclater de rire dans le silence du musée, avant de reprendre son dessin en accentuant encore le poignard, rendant méconnaissable le cheval réduit au simple tranchant d'un fer défiant le ciel.

« Il ne faut pas imiter, lança Adel, soudain grave. On imite quand on n'arrive pas à faire prendre feu aux choses. Les imitateurs n'ont pas assez de poumon. Pas assez d'air pour souffler sur les braises, et le feu s'éteint. Je ne me satisfais pas des braises. »

Il ferma le cahier et quitta la pièce.

Une sirène retentit.

Un bruit insupportable, qui fusait depuis la pièce voisine. Adel y était, je l'ai rejoint. Ça sortait d'enceintes encastrées dans le mur à côté de grands écrans que traversaient des escadrilles d'avions de chasse dessinant dans le ciel des formes de pointes de flèche ou d'étoiles de mer aux bras menaçants. Des images d'archives : les fameux stukas commandés par Hitler pour appuyer l'infanterie en plongeant du ciel sur les cibles à terre, paralysées par la peur. Leur truc en plus : une hélice fixée sur le train d'atterrissage, dans laquelle le vent s'engouffrait quand l'appareil piquait, produisant un mugissement affreux. On la surnommait, clin d'œil au récit biblique, « la trompette de Jéricho ». « *S'étant emparés de la ville, ils livrèrent à l'anathème tout ce qui se trouvait dans la ville.* » Guerre éclair et guerre sonore. Guerre totale. Guerre panique.

Partout autour de nous étaient placardées des affiches aux couleurs du POUM appelant à la résistance les « soldats intellectuels », en catalan, en espagnol, en anglais et en français. Il y avait celles de la CNT – « *sección propaganda* » – dénonçant « la barbarie fasciste à Madrid » par des portraits d'enfants morts, un numéro accroché à leur cou. 4-21, 9-21, 49-21. Alignés comme des poupées anciennes en porcelaine, paupières closes…

Tout autour, les slogans hurlaient dans toutes les polices de caractères, « DES ARMES POUR L'ESPAGNE ANTIFASCISTE », « *LIBERTAT* », « *KULTUR* », « QUE FAIS-TU POUR EMPÊCHER CELA ? »...

« Que fais-tu pour empêcher cela ? » répéta Adel.

Sous une vitrine, un dessin d'André Masson pour la pièce *Numance* – la tête d'un taureau sur une pique, un crâne humain entre les cornes – et un poème d'Éluard, rédigé de la main même du poète. Il semblait légender le tout, comme une voix off triste à en crever :

Regardez travailler les bâtisseurs de ruines
Ils sont riches patients ordonnés noirs et bêtes
Mais ils font de leur mieux pour être seuls sur terre
Ils sont au bord de l'homme et le comblent d'ordures
Ils plient au ras du sol des palais sans cervelle.

Éluard écrit ça en novembre 1936, alors que les colonnes de Franco progressent vers Madrid. La guerre a débuté en juillet.

La lumière s'éteint.

Lorsqu'elle se rallume, Adel semble sonné. Il quitte la salle. On redescend au camp de base.

« Ça ne va pas ? je demande.

— J'ai besoin d'ivresse et de poésie. »

Son front s'est assombri. Il empoigne la bouteille et nous sert du vin. Et puis il ouvre son cahier, dessine encore, et me montre le dessin : un verre à pied, dont il ombre, de ses doigts noircis, les contours. À côté il ajoute le mot « Socrate ».

L'alcool est à l'attaque. Il impose son rythme et ses visions.

Maïeutique, de μαῖα, comme Maya Picasso ?

L'alcool est à l'attaque, oui. Le moment est venu d'accoucher les esprits de leurs vérités cachées et le scribe se positionne devant l'artiste confronté à l'artiste. Le vivant veut parler. La guerre de Picasso a réveillé la sienne.

7

Il avale une rasade de vin et poursuit. Noirs dessins, oui, noirs desseins, non. Simplicité absolue, radicale. Mais de la vie. Plein de vie. De l'énergie à revendre.

« J'ai passé ma jeunesse dans la terreur. Il faut que je le dise. Il faut que je le dise pour qu'ils comprennent. »

Il est né en 1971, à Constantine, anciennement Cirta, capitale des Numides, en Algérie berbère, dans une maison autrefois habitée par une famille juive.

« Tu enregistres, là ? »

J'acquiesce.

« Alors à l'attaque : on a un problème, mon ami. »

Il s'assoit sur le lit de camp.

« On a un problème, nous, les artistes. »

Et comme je l'interroge :

« On ne nous laisse plus rien faire. On va mourir si ça continue. Je ne suis pas parti d'Algérie pour ça, *mondedieu*.

— Mont de Dieu ?

— *Monde de dieu*, plutôt. Avec une minuscule ! »

Il se verse encore du vin et, constatant que mon verre est encore plein, me lance :

« Il va falloir que tu suives le rythme. C'est de la beauté, ça, il faut s'en nourrir. On ne va pas beaucoup dormir. Ces lits de camp, de toute façon, ils me rappellent l'Algérie.

— Tu dormais sur un lit de camp ?

— Quand ils m'ont séquestré.

— Qui, ils ?

— Les nazis.

— Qu'est-ce que tu racontes ?

— Les nazis. Nos nazis à nous : les islamistes. »

Sa séquestration ? De lui, des islamistes, je ne savais en effet qu'une chose, comme tout le monde. Adel parlait rarement de son passé. Pudeur ? Douleur ? Mais cette chose, il en parlait : alors qu'il était étudiant aux Beaux-Arts d'Alger, des membres du GIA, le Groupe islamique armé, le plus atroce des groupes, étaient entrés dans l'école et avaient assassiné le directeur et son fils, qui y étudiait. Le père, Ahmed Asselah, accusé de « pervertir » la jeunesse, avait pris plusieurs balles dans le visage. Le fils, 22 ans, avait été atteint à l'abdomen. Dans l'enceinte même de l'école. En plein ramadan. Le 7 mars 1994. À l'époque, des tracts placardés dans les rues appelaient les fidèles à accomplir au moins une « action de djihad » pendant ce mois de ramadan. Un ramadan de sang. Deux cents morts. Trois fois plus que l'année précédente. Adel avait été contraint de fuir. Il était, semble-t-il, dans le viseur. Pourquoi exactement, je l'ignore. Je sais qu'il lisait Nietzsche pendant les couvre-feux. Meurt-on parce qu'on lit, en Algérie, le soir, quelqu'un qui à écrit et proclamé que « Dieu est mort » ?

« C'est quoi cette séquestration ?

— L'art était la seule porte de sortie », continue-t-il comme s'il ne m'avait pas entendu.

J'ai pensé à l'une de ses premières œuvres. Toute simple, toute belle. Quatre lettres en néon bleu brillant au fond d'une boîte de plastique placée au-dessus d'une porte. EXIL. Pas EXIT : EXIL.

J'ai réitéré ma question.

« C'est quoi cette séquestration ? »

Socrate n'avait plus de sang dans les veines. Adel a ouvert la seconde bouteille. Un saint-émilion. Art Russe. L'étiquette reproduisait un tableau de Serov avec Lénine au palais Smolny, proclamant le pouvoir des soviets devant une foule en armes galvanisée.

« Il y a un jour où tu apprends que le président de ton pays, Boudiaf, a été assassiné, en direct, à la télévision. Il y a un jour où tu apprends que l'écrivain Tahar Djaoût a été assassiné. Il y a un jour où tu apprends que les chanteurs Cheb Hasni et Matoub Lounès ont été assassinés. Il y a un jour où tu apprends que cinq cents personnes ont été assassinées. En une nuit, à la machette… »

Il s'arrête, passe une main dans ses cheveux et sur sa nuque puis se met à réciter, ou plutôt à chanter :

« *Elle m'appartient la main tranchée qui a caressé*
La jeune femme
Dont le mari a été tué
Que j'ai trouvée
En septembre 41 dans les champs de tomates. »

Il marque un long silence que je n'ose pas rompre. Il pose son verre et s'étend sur le lit. Il reprend : « C'est un poème yiddish. D'Avrom Sutzkever. En Algérie, en ce temps-là, les mains coupées, on ne les trouvait pas seulement dans les champs de tomates… »

Je me plongerais, plus tard, dans les articles écrits à l'époque. Début 1994, en deux mois, treize femmes avaient été assassinées par les islamistes. Chacune de ces femmes avait été traitée de *moutabarridja*. Littéralement, « celle qui se dévoile », mais ici le mot s'était chargé d'un sens tout idéologique, avec l'idée d'un dévergondage, d'une nudité insupportable pour ceux qui entendaient cacher les corps. *Moutabarridja*, c'était celle qui montrait ce qui ne devait pas être montré, celle qui parait ce qui ne devait pas être paré. *Moutabarridja*, c'était la fille impudique, la tentatrice. *Moutabarridja*, ça valait les crachats, ça valait l'acide jeté au visage, ça valait la mort. Katia Bengana, pas encore 17 ans, refusait de porter le hidjab. Et elle était belle. Le 28 février 1994, alors qu'elle rentrait chez elle après les cours, deux fanatiques, des anciens de la même école, avaient demandé à l'amie qui l'accompagnait de s'écarter pour qu'ils puissent vider sur Katia le chargeur de leur *mahchoucha*, le fusil de chasse à canon scié des assassins du GIA.

L'horreur des guerres civiles… Qui étaient toujours des guerres *contre* les civils, de Guernica à Alger. En Algérie, la religion érigée en politique les massacrait pour défier le régime. Et le régime répliquait après avoir trop longtemps laissé prospérer son ennemi intérieur, son monstre, son Minotaure nécessaire. Le régime en avait tellement eu besoin pour justifier l'existence du labyrinthe politique qu'il avait patiemment édifié et qui étouffait les libertés.

L'horreur des guerres civiles… On savait toujours qui mourait, mais pas toujours qui avait tué. Les voisins se dénonçaient, les familles se disloquaient. Ceux qui restaient vivants comptaient les morts. Le bilan se chiffrerait à soixante mille, puis à deux cent mille cadavres. Mais ce n'étaient que des chiffres officiels.

Comment en était-on arrivé là ?

Pour Adel, ça débute en 1980 avec le « printemps berbère ». « Ça m'a marqué, vraiment. Même si je n'avais que 9 ans. » Le premier mouvement populaire spontané de l'Algérie moderne. Une réaction à une décision du régime considérée comme une provocation par les Kabyles.

RAGE

Depuis l'indépendance en 1962, l'État algérien s'est lancé dans un processus d'arabisation forcée : administration, enseignement, tout y passe. L'Algérie est un pays « arabe, musulman, algérien », martèle son président Chadli Bendjedid, reprenant les mots célèbres prononcés à Tunis par Ahmed Ben Bella, tout frais sorti des prisons françaises et en route pour devenir le premier président de l'Algérie : « Nous sommes des Arabes, des Arabes, dix millions d'Arabes ! »

En Kabylie, on ne l'entend pas de cette oreille : on y aime les sonorités du tamazight, la langue berbère. Une conférence est prévue à l'université de Tizi Ouzou sur la poésie kabyle ancienne. L'invité n'est pas n'importe qui : c'est l'écrivain, anthropologue et linguiste Mouloud Mammeri, l'une des plus grandes figures de la littérature algérienne, qui a enseigné le berbère à l'université et raconté la guerre de libération dans un livre au titre qui claque, *L'Opium et le Bâton.* Le 10 mars 1980, le pouvoir annule la conférence. Et toute la Kabylie se lève pour défendre sa poésie. Jeunes, vieux, hommes, femmes : la région s'embrase contre ceux qui veulent nier une partie de sa culture. Grève, manifestation, répression. Plus d'une centaine de morts, déjà.

Huit ans après, en octobre 1988, la misère sociale, la pression politique – un seul parti tout-puissant, le FLN « héroïque », victorieux du colonisateur français – et une forte envie d'émancipation font se soulever la jeunesse dans plusieurs villes du pays : Tizi Ouzou, encore, mais aussi Oran, Constantine, Alger. Le pouvoir réprime. L'armée tire dans la foule. Encore des morts.

« J'ai vu des femmes jeter des bouteilles de gaz sur les flics, me dit Adel. J'ai vu aussi mes premiers monochromes : des draps rouges. De sang. » Il ajoute : « Au départ il y avait un cri social, une vraie colère. Elle va rapidement être récupérée par le FIS. »

Le Front islamique du salut. Fondé en 1989 par Abassi Madani, ex-poseur de bombe à Radio Alger emprisonné pendant la guerre d'Algérie, étudiant à Londres devenu professeur de sociologie réclamant la suppression de la mixité et la charia, et son ami Ali Belhadj. Un jeune prédicateur de Bab el-Oued qui lance depuis sa mosquée de violents réquisitoires contre le régime, imputant le soulèvement au manque de justice sociale.

Terrible, de lire ça aujourd'hui : ce qui se passe à cette époque en Algérie, c'est ce qui se passera en Égypte des décennies plus tard, avec la révolution de 2011 *holdupée* par des religieux qui sortent du bois, prétendant travailler pour l'au-delà mais voulant le pouvoir ici-bas et, comme d'habitude, les militaires qui sifflent la fin de la récréation…

Dans cette histoire, ironique ou trop simple, je relève aussi ça : Mouloud Mammeri, l'homme de la conférence empêchée, meurt le 26 février 1989. En voiture, de retour d'une autre conférence sur la langue berbère… Un virage compliqué, un camion stationné là tous feux éteints, et une voiture aux phares aveuglants qui déboule en face alors qu'il contourne le camion... À ses funérailles, dans son village natal, une foule de deux cent mille personnes. Et aucun officiel.

Le pire est à venir : en 1989, pour calmer le jeu, le président Bendjedid fait adopter une nouvelle Constitution, qui ouvre la voie au multipartisme. Alors que jusque-là les textes interdisaient clairement la création de partis politiques sur une base religieuse, le FIS, désormais, est autorisé. Un an plus tard, c'est lui qui cristallise autour de ses dirigeants la rage populaire. Le FIS remporte haut la main les élections municipales et régionales, et à la fin du mois de mai 1991, il proclame la « grève sainte » pour faire tomber le régime, exigeant des élections présidentielles anticipées. Il fait rebaptiser d'office les mairies, qui deviennent des « municipalités islamiques ». Défilés, manifestations... Les islamistes tiennent les quartiers, font la loi dans une ville qui ressemble à un camp retranché. L'armée sort des casernes, instaure l'état de siège. Le couvre-feu pendant lequel Adel lira Nietzsche est instauré. Madani brandit la menace du djihad. Belhadj appelle ses ouailles à stocker des armes. Les deux islamistes sont arrêtés mais ils ont gagné. En 1992, le régime organise les premières élections législatives libres et pluralistes du pays. Depuis sa prison, Belhadj recrute son fils de 7 ans pour sa campagne électorale. Il faut le voir sur les vidéos, le gamin tout vêtu de blanc, visage d'ange, haranguer des stades entiers au nom d'Allah.

Dès le premier tour, c'est un raz-de-marée pour le FIS, qui frôle la majorité absolue. Comment réagit le pouvoir ? Il est pris de panique. Il annule le deuxième tour. Les blindés sont dans la rue, tiennent les endroits stratégiques.

La suite, je m'y perds. Les éternels débats pour savoir ce que doit faire un État qui aimerait être démocratique et qui a face à lui deux options qui le mettent en contradiction avec ses principes : un coup d'État militaire, ou l'accession au pouvoir, par des élections libres, de ceux qui enverront la démocratie à la mort parce qu'ils haïssent la démocratie.

Je retiens, dans ce chaos, que certains démocrates ne lâchent pas le morceau, qu'ils essaient de rallier, autour du slogan « Ni État intégriste, ni État policier », les cinq millions d'abstentionnistes dégoûtés et qu'il s'agirait de faire voter. Mais pour cela, les élections doivent avoir lieu. Trois millions de personnes manifestent. Je retiens que Bendjedid démissionne, qu'un homme réputé incorruptible est appelé comme homme providentiel, homme « présidentiel »... Je retiens qu'il revient spécialement du Maroc où il vit et qu'il dit, le 16 janvier 1992 depuis le tarmac de l'aéroport d'Alger où il vient d'atterrir : « Il faut mettre les compteurs à zéro, s'attaquer aux causes et aux conséquences de la crise. Je ne veux pas que le sang coule à nouveau dans mon pays. Je tends la main à tous. » Il s'appelle Mohamed Boudiaf, et il est assassiné cinq mois plus tard, le 29 juin 1992... par un militaire des forces spéciales. Ensuite ? Le FIS passe à l'action. Sa branche armée, le GIA, est créée. Et puis d'autres groupes. Une nébuleuse de groupes. La suite est une longue traînée de sang. On appellera ça la « décennie noire ».

Adel a traversé une partie de cet enfer. Est-ce pour cela qu'il parle si souvent d'Orphée ? Je me méprise, moi et mes références littéraires. Je n'ai rien traversé, à côté de lui. Et puis je me reprends, et me dis que s'il aime tant la littérature, s'il y fait autant référence, lui aussi, c'est que sans doute ce n'est pas négligeable, qu'elle lui a peut-être permis de tenir. Orphée, ce n'est pas seulement celui qui a survécu à l'enfer, c'est le poète, le musicien, l'artiste. Et il est là, devant moi, allongé sur son lit de camp, pensif. Je ne suis que l'herméneute. Le scribe.

« Parle-moi de cette séquestration, Adel... »

8

Il doit être minuit ? Ce n'est pas le temps des montres, laissons tomber. J'imagine dehors, derrière ces tableaux tapis dans l'ombre, le fouillis éblouissant des étoiles. Il leur faudrait un scribe pour déchiffrer les constellations qu'elles dessinent. Mais je suis occupé et j'écoute Adel. Il dit, et sa voix est calme, profonde, comme s'il puisait très loin :

« J'étais un des porte-parole du Mouvement des étudiants et du Mouvement des femmes, à Alger. L'âge des ivresses totales et des souffrances infinies. J'étais aux Beaux-Arts, on revendiquait le droit au nu, au modèle d'après nature, aux cours d'anatomie qui ne soient pas seulement la représentation des os ! Ça, on en avait sous les yeux ! » Il s'arrête un instant. Je perds son regard. Parti trop loin. De l'autre côté de la mer. Il reprend : « J'ai connu la dernière année d'enseignement du nu, après ç'a été terminé. Lors des prières du vendredi, les sculptures de l'école ont été recouvertes avec des draps… Il faudra que je te raconte l'histoire du dernier nu d'Algérie… »

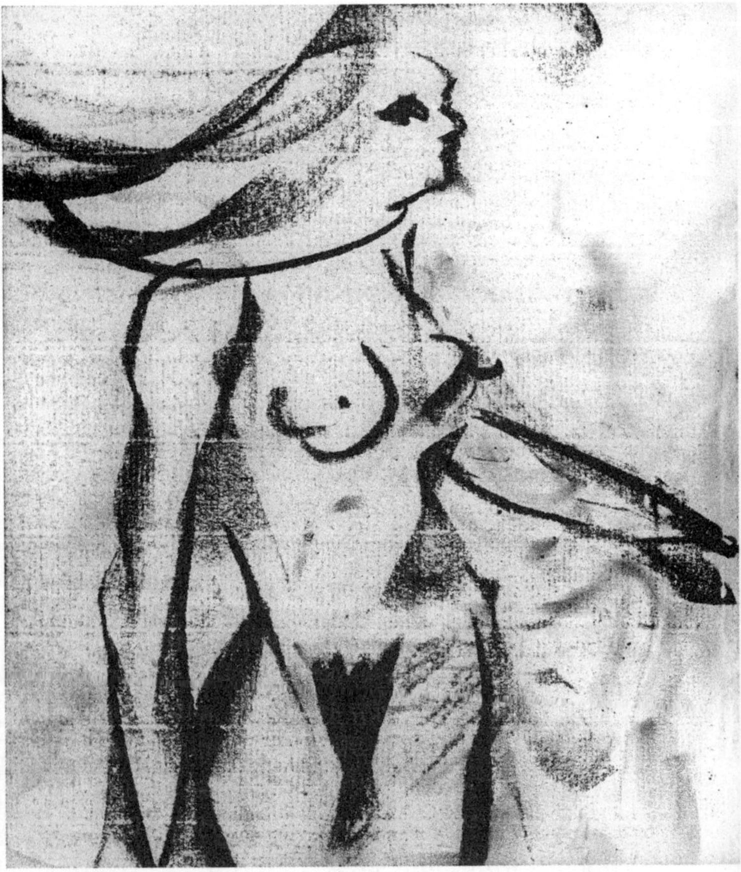

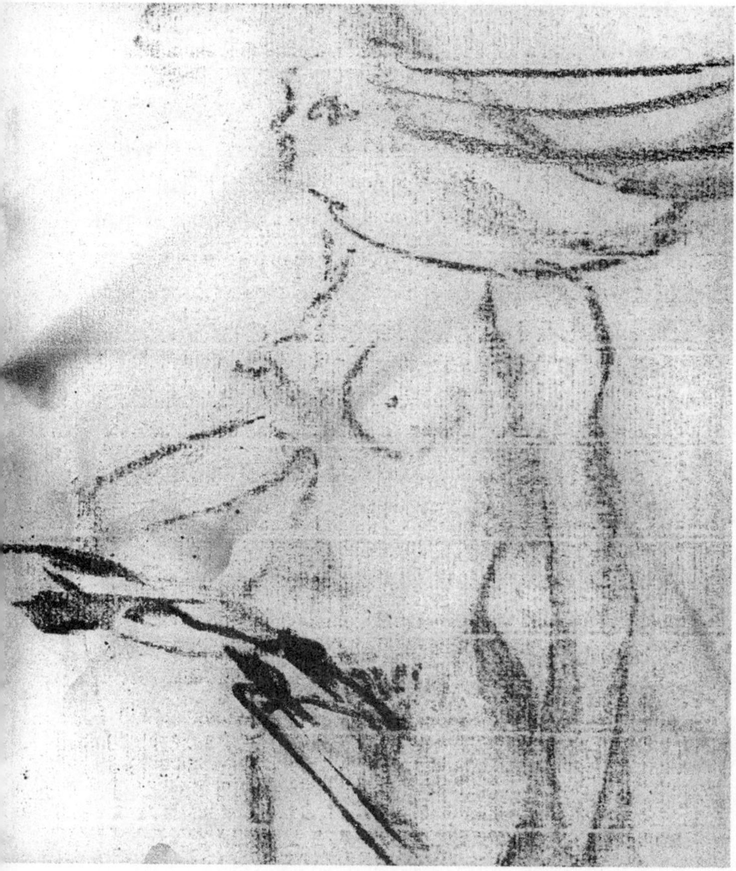

Son regard, à nouveau, s'en va. Je remarque combien il ressemble à un enfant qui rêve et s'étonne de ses rêves. Ou de ses cauchemars.

Il ne répond pas. Il revient, retrouve son fil : « À Alger, j'ai connu les manifestations avec Khalida Messaoudi, avec le dessinateur Dilem, on dessinait ensemble, pour moi Dilem est un génie. Un jour on étudiera l'histoire de l'Algérie à travers lui, tu verras. Son mentor, c'était Saïd Mekbel, alias Mesmar Dj'ha, rédacteur en chef du journal *Le Matin*. Il se faisait appeler Dj'ha parce que, dans le folklore algérien, Dj'ha c'est notre personnage fétiche. Une sorte de Guignol, pour vous. Dj'ha, c'est l'ami de tous les Algériens. La figure de l'homme rusé et naïf à la fois, innocent et malin. Mesmar Dj'ha, c'est une fable qui raconte comment ce personnage a vendu, pour un prix dérisoire, une maison en posant une seule condition : qu'il y possède un clou qu'il peut venir voir et toucher chaque fois qu'il le désire. L'acheteur accepte puis finit par comprendre qu'il s'est fait avoir car Dj'ha revient presque chaque jour, en propriétaire ! C'est la fable de l'entêté, du rusé, de celui qui ne possède rien et pourtant possède tout. Saïd Mekbel en avait fait le titre de sa chronique. Ils l'ont tué dans une pizzeria. Deux balles dans la tête. La tête, ciblée pour tuer mais aussi tuer les idées. Ils l'ont tué le jour où il avait publié un billet où on lisait ces mots, sa définition du journaliste… »

Il reprend alors sa respiration, et il récite, il les

connaît par cœur, ces mots : « *Ce vagabond qui ne sait plus chez qui passer la nuit, c'est lui. C'est lui qu'on menace dans les secrets d'un cabinet officiel, le témoin qui doit ravaler ce qu'il sait, ce citoyen nu et désemparé... Cet homme qui fait le vœu de ne pas mourir égorgé, c'est lui. Ce cadavre sur lequel on recoud une tête décapitée, c'est lui. C'est lui qui ne sait rien faire de ses mains, rien d'autre que ses petits écrits, lui qui espère contre tout.*

— Et toi tu espérais ?

— On était jeunes, et il y avait la mort partout. Ça fait bizarre, tu sais. Isabelle Adjani est venue et a prononcé un discours. On voulait que les femmes existent vraiment dans ce pays jeune lui aussi, mais qui haïssait ses jeunes et surtout ses jeunes femmes. J'étais redoutable, j'étais virulent. Je ne connaissais pas la peur. Il y avait des bombes, des bombes artisanales dont le souffle déchiquetait des pieds, des mains. Des mains comme dans le poème. J'ai vu tout ça. Et le délégué des étudiants pendu dans le restaurant universitaire, à Ben Aknoun. Et puis j'ai été séquestré avec une dizaine d'étudiants, pendant trois jours, dans notre internat, par les islamistes. Habillés comme des djihadistes, en baskets, avec des machettes et des kalachnikovs. Ils voulaient que nous entrions dans leurs rangs, sinon ils nous décapiteraient. Couper la tête pour couper le souffle...

— Qu'est-ce qu'ils t'ont fait ? »

Il reste silencieux un moment.

« Des coups. Des gifles. Ils voulaient humilier. Ils m'ont relâché parce qu'ils voulaient que je passe le message aux autres.

— Ils auraient pu vous tuer tous pour passer le message, non ?

— Parfois, ils tuaient. Mais ce qui comptait, c'était terroriser. Paralyser la pensée par la peur. »

Je lirais, plus tard, qu'avant de tuer quelqu'un, les membres du GIA lui faisaient parvenir un morceau de savon et un linceul. Pour qu'il lave, prépare, purifie son corps avant de mourir. Comme si le corps n'accédait à sa réalité, à sa beauté, qu'en vue de la mort, jamais en vue de la vie.

« Je n'ai pas trop à me plaindre », reprend-il, et je le sens si triste. « J'ai été trahi. La délation planait dans l'air algérien.

— Qu'est-ce qu'ils ont pu dire de toi ?

— Que je ne croyais pas en Dieu. C'était vrai. Que j'étais remuant... C'était vrai. Il ne fallait pas se faire remarquer, ne pas sortir du lot, ne pas montrer qu'on était différent. Les islamistes tuaient les gens qui pouvaient apporter aux autres une idéologie contraire à la leur. Les intellectuels, les militaires, tous ceux qui s'occupaient de l'ordre, les femmes qui s'écartaient de l'idéologie "pure" de l'islam. Aujourd'hui en Algérie, les jeunes manifestent avec des iPhone, mais à l'époque ils brandissaient le Coran ! Être un homme, cela aurait dû être avoir le courage de dire non à l'absurdité, aux islamistes qui s'imposaient par la force, avec leurs mercenaires drogués et les gamins qu'ils intoxiquaient. Mais l'attitude des hommes à l'époque, c'était de s'écraser. Les gens avaient investi les villes car ils avaient peur de se faire assassiner dans les villages, pour finalement se retrouver entassés dans les appartements. Beaucoup se sentaient dépersonnalisés, effacés... Aucune perspective de travail, d'épanouissement intellectuel, financier, sexuel... Déjà qu'en Algérie la relation des hommes vis-à-vis de leur mère est particulière, déjà qu'il y a une sorte de culpabilité à être un homme pour lequel la mère prend toutes les décisions. Là, ils dormaient dans la même chambre que leur mère, que leur sœur. Ils ne pouvaient pas se marier. Il y a de quoi devenir fou.

— Et toi ?

— Moi j'avais les cheveux longs, j'étais tout fin, je portais des chaînes berbères, des bandanas. J'étais pas vraiment dans les codes religieux, tu vois, je dansais comme Mick Jagger, il me manquait juste sa langue ! On continuait à vivre normalement mais on ne savait pas quand ça allait frapper. On limitait nos déplacements mais on continuait à dessiner et à faire des fêtes de dingues dans ce refuge de béton des années 1950 qu'était l'École des beaux-arts, avec sa cour et son bassin d'eau fraîche qui surplombaient Alger, le port, la mer. Enfin, je dis des "fêtes de dingues" : des fêtes comme en Occident, avec des filles et des garçons qui s'embrassaient et des discussions animées, politiques, esthétiques, qui faisaient vibrer l'air autour de nous. Et puis un jour, dans l'atelier, j'ai retrouvé une de mes toiles lacérée. Incisée dans la largeur, comme une toile de Fontana. Ils avaient fait du Fontana sans le savoir !

— Elle représentait quoi ?

— Une femme. J'y rendais hommage à la reine berbère Kahina, qui s'était opposée à la conquête musulmane du Maghreb par les Omeyyades. Et dans ma toile ils avaient glissé un mot écrit en arabe : "On va s'occuper de toi, tu seras le prochain." Alors quand je vois ces lits de camp, oui, ça me fait penser à mon dortoir d'étudiant, et ça me rappelle ces trois jours. »

Il s'arrête et en caresse les montants. « Je connaissais des religieux catholiques et ils m'ont dit : "Tu peux partir." Et moi je répondais non, "je peux mourir". Je peux mourir comme un martyr. Je n'ai jamais de ma vie été dans un état de neutralité, tu vois. J'étais sincère, j'étais naïf, mon seul objectif c'était d'être Picasso pour faire *Guernica.* Mais on m'a fait savoir que s'il y avait *Guernica* en Algérie, je serais dans le tableau… »

Il se redresse, ramasse son verre et le termine d'un trait.

« Viens, on va voir *Guernica.* Et on reviendra boire. *Al-layla khamr wa ghaden amr.* Aujourd'hui on boit et demain on décide.

— Tu ne parles jamais arabe…

— Quand c'est nécessaire. À l'attaque de *Guernica* !

— *Guernica* n'est pas là », j'objecte.

Il a planté ses yeux noirs dans les miens :

« On va trouver. »

9

Guernica ne sortait plus de Madrid, et pourtant ce musée était tout plein d'ellc. Ou... de lui ? *Guernica* est-il mâle ou femelle ? Pas neutre, en tout cas.

En l'absence de l'œuvre, l'exposition montrait une série de variations sur *Guernica* réalisées par des artistes contemporains. Adel passa devant sans s'arrêter. Sans doute n'étaient-ils pas assez « à l'attaque » pour lui. En revanche, il s'arrêta devant l'étrange *comic strip* commencé par Picasso en janvier 1937, et terminé en juin, juste après avoir achevé *Guernica*. Le titre : *Songe et mensonge de Franco*. Une suite de dix-huit cases dessinées qui caricaturaient le généralissime sous les traits d'une grosse anémone de mer, ou plus exactement de ce qu'on appelait un polype, terme qui désigne une tumeur, mais, chez Picasso, avec une moustache en plus.

Flanqué d'une épée ridicule, chapeauté d'une coiffe à plumes ou d'une dérisoire couronne, le cul poilu à l'air ou assis sur un cheval aussi laid que lui, le Caudillo défonçait à la pioche une statue antique. Elle ressemblait, avec ses seins portés fièrement, aux sphinges qui veillaient sur nous à ce moment même sur les terrasses de cet hôtel-musée très salé. Puis, devenu Don Quichotte ou plutôt un Sancho Pança monté sur un cochon, il s'en prenait au soleil à coups de lance, avant d'être chargé par un taureau païen brut de force qui le mettait en débandade.

Adel pointa du doigt une vignette, dont un détail avait appelé son regard. Un fil de fer barbelé, comme un clin d'œil que lui aurait lancé Picasso. « Un matériau conçu pour garder le bétail, et qui parque des humains. Le barbelé, c'est le motif de la guerre… » Il s'arrêta et ajouta : « Un dessin sur une feuille suffit pour réveiller les gens. Pourvu qu'il soit chargé d'éléments explosifs.

— Tu en sais quelque chose », fis-je remarquer. Dans les œuvres d'Adel revenait souvent un pigeon ceinturé de bâtons de dynamite. Je n'avais jamais bien compris.

« Ce qu'il dit, ce pigeon, c'est un peu : méfions-nous de tout ce qui nous est familier… et que nous ne voyons plus. Soyons attentifs aux invisibles. Et puis, on parle toujours de la colombe de la paix, que Picasso a tellement peinte… Sur *Guernica* il y en a une, d'ailleurs. Dans certaines langues, pourtant, "colombe" et "pigeon", c'est le même mot.

— En espagnol, d'ailleurs. *Paloma* veut dire les deux. *Paloma de la paz…* »

Il me coupa et lança, comme pour lui :

« *Paloma de la guerra…* »

Il marqua un long silence, les yeux toujours fixés sur la BD picassienne dont le grotesque décuplait la violence : on y voyait quand même, entre mouvements d'éventail et cavalcades ridicules, le polype à moustache bouffer la chair d'un cheval mort. Et une femme nue allongée, les yeux ouverts, couverte de sang. Une pleurant des larmes qui lui griffaient le visage et une dernière, penchée, les yeux fermés, sur son enfant assassiné. Dernières cases réalisées après *Guernica*, et dont elles procédaient directement.

Adel se taisait. J'avais le cœur lourd.

« Tu savais, lui dis-je, qu'elles devaient être diffusées sous forme de cartes postales au profit des républicains espagnols ? Il y avait un poème qui l'accompagnait, *Fandango de lechuzas*. Un collage surréaliste qui se présente comme un menu atroce, à base de "poêlées de cheveux" et de "poulpes de mauvais augure à l'escabèche". Une façon d'évoquer le conflit ? Bref, avec *Guernica*, c'est pratiquement la seule œuvre de Picasso engagée pour son pays… C'est peu… »

Adel haussa les épaules, sans un mot.

« Ça te choque pas, toi ? García Lorca fusillé ? Aucune réaction de sa part. Les combats à Málaga, la ville où il est né ? Ça lui en touche une sans faire bouger l'autre, apparemment.

Aucune œuvre, aucune déclaration. Les combats à Madrid, dans les bâtiments de la cité universitaire, entre franquistes et républicains dont les premières Brigades internationales ? *Nada más*, alors que son ami Éluard, lui, se fend d'un poème dans *L'Humanité*. Et quand les Espagnols viennent le solliciter, ou lui écrivent – et on les a, les lettres ! –, on dirait qu'il s'en tape. En tout cas aucune réaction digne de ce nom. Tu m'écoutes ? Je t'emmerde ?

— Il a quand même accepté d'être nommé directeur du musée du Prado en 1936…

— Mais sans jamais y foutre les pieds, sans jamais la moindre prise de position officielle à ce sujet, alors qu'évidemment si les républicains lui ont proposé le poste, c'est pour que ce soit une protection, même symbolique : un grand artiste espagnol veillant depuis la Ville lumière de son exil sur la mémoire d'un jeune État menacé… Mais rien ! Rien alors que déjà la junte nationaliste s'installe à Burgos, que Badajoz est prise, que la France a fermé sa frontière avec l'Espagne… Tu comprends, toi ? Un artiste ? Un exilé, comme toi ? Rien de fracassant jusqu'à 1937, comme s'il s'en foutait…

— Peut-être que sa vie était un songe, répondit Adel. Un songe et un mensonge. Ou peut-être qu'il était incapable de traduire sa rage en images, qu'est-ce que tu en sais ? Peut-être qu'il fallait juste Dora Maar ? »

À peine a-t-il prononcé le mot qu'on entend un rire. Un rire de femme.

« Tu as entendu ?

— Quoi ?

— Le rire ? »

Il sourit.

« Tu es ivre, mon ami.

— Ça, je ne te le fais pas dire, mais quand même… »

Sans doute Adel avait-il raison. Pour l'ivresse. Mais aussi pour Dora Maar. À Picasso, il fallait Dora Maar. Qu'Éluard lui présente en 1935, à la terrasse des Deux Magots. *Songe et mensonge de Franco*, c'est déjà grâce à elle : le généralissime polype par lequel il caricature Franco ressemble à mort au fœtus de tatou photographié par Dora en 1936 et intitulé, d'ailleurs, *Portrait d'Ubu*, en référence au dictateur grotesque d'Alfred Jarry. Elle lui en a même offert un tirage.

« Tu sais comment on dit "tatou" en espagnol ? » m'interrompt Adel.

Je hoche la tête : « *Armadillo*.

— "Le petit armé". Tu vois, on est déjà dans la guerre. C'est Dora qui réveille sa guerre. Son "À l'attaque !" à lui. Viens, allons voir *Guernica* !

— Mais *Guernica* n'est pas là.

— On va trouver, je t'ai dit ! Viens. »

Est-ce l'ivresse, ou j'ai encore entendu un rire ?…

10

Picasso a dit un jour : « Si on sait exactement ce que l'on va faire, à quoi bon le faire ? » Je ne sais plus à qui il a dit ça. Je ne sais pas non plus au sujet de quoi, mais aucun lieu n'illustre mieux sa remarque que celui où nous venons de pénétrer. Au moment précis où nous en franchissons le seuil, la salle s'éclaire, comme toutes les autres, et comme toutes les autres, elle retombera dans sa nuit après notre passage.

Partout sur les murs, des dessins, études, tentatives, formes et fantasmes à l'état brut. Jetés comme ils viennent, au crayon ou à l'encre, sur un vélin bleu. Ils ont tous été réalisés une semaine avant le bombardement de la petite ville basque.

Et c'est terrible pour lui car c'est un déni de réalité.

Le déni du génie ?

Nous sommes, rappelons-le, en 1937, et Picasso, qui a accepté depuis plusieurs mois la commande de la jeune République espagnole, traîne la patte. Pourtant, il a aussi accepté l'argent, malgré la guerre qui saigne le camp républicain. Et malgré la guerre, il choisit, pour le pavillon, un thème sans rapport avec la guerre. Il choisit quoi ? Le thème du peintre et son modèle. Vélasquez, quoi… Les esquisses donnent à voir un homme debout devant son chevalet, et derrière le chevalet le corps contorsionné *cubistisé* d'une femme nue réduite à un ensemble de bosses et de béances. *Les Ménines* à sa façon. Un pastiche, la fente plus que l'infante. On fait plus engagé.

« Il veut peindre la muse, c'est tout, dit Adel.

— Mais on est en pleine guerre ! Dans son pays !

— Calme-toi, mon ami ! Ça va venir, ça va venir… Il faut Dora. Là il s'en fout, il veut peindre la muse parce qu'il en cherche une et que la peindre c'est déjà un peu la faire exister… Mais tu es le scribe, tu dis *Guernica* comme ça, comme si tu parlais d'un ami, d'une amie, mais les gens ne savent plus rien, il faut que tu racontes ! *Guernica* n'est pas qu'un trou de mémoire, c'est un trou noir ! Un corps si compact, avec un champ gravitationnel si intense qu'il empêche toute forme de matière ou de rayonnement de lui échapper. C'est ça un trou noir, et c'est ça *Guernica*. *Guernica* attire tout, toutes les interprétations, tous les commentaires, on ne doit pas se perdre dedans… Reviens à l'histoire, reviens aux forces en présence. Le pavillon espagnol, tout ça, les gens ne savent pas, ou plus. On oublie, mon ami, on oublie, on ne voit plus les signes, et quand ça arrive… Raconte ! »

D'accord, je raconte : en 1937, à Paris, la jeune République espagnole se dote d'un pavillon à l'« Exposition internationale des arts et techniques dans la vie moderne », où ceux, imposants, de l'URSS et de l'Allemagne se font face. Dans une Europe au bord de l'implosion, ce pavillon doit être une arme de défense pour cette nouvelle Espagne, mise en péril par le soulèvement rebelle de Franco et de ses généraux. Picasso est approché pour réaliser une toile qui occuperait un mur entier. Donc, il accepte. Et il se lance d'abord dans un sujet anodin…

« Non, ce n'est pas anodin », coupe violemment Adel.

J'en sursaute. Je ne comprends pas.

« D'accord, c'est pas anodin… Ce sujet, c'est le peintre et son modèle. Au lieu de traiter des massacres ou de García Lorca fusillé, il s'intéresse à un atelier avec une femme nue et devant elle un homme qui tient un pinceau et qui la regarde, avec désir et perplexité. À mille lieues des ruines fumantes de l'Espagne, du combat contre la dictature, des Brigades internationales… Un déni de réalité. Un déni, et un délit, un délit de fuite. Dans le cliché, le lieu commun.

— Arrête de dire ça, s'emporte de nouveau Adel. Une femme n'est pas un lieu commun ! »

Là c'est moi qui m'énerve.

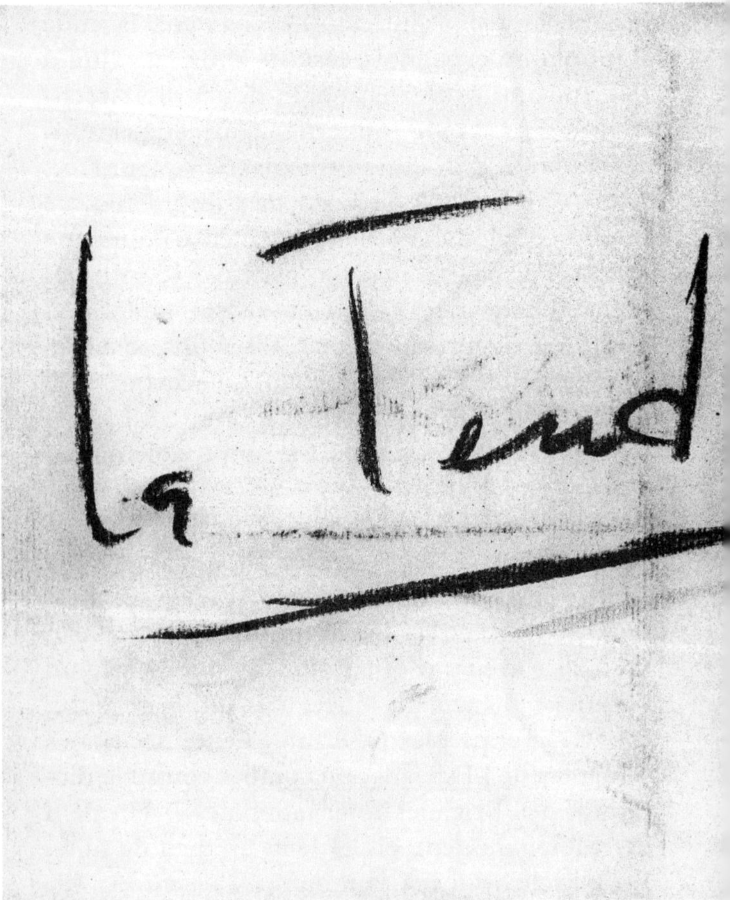
La Tend

« Je n'ai pas dit ça ! Je parlais du lieu commun du peintre et de son modèle.

— Ce n'est pas non plus un lieu si commun, je t'assure. »

Il s'est planté devant un autre dessin bleu préparatoire à *Guernica.* Marie-Thérèse endormie, nue, tout en seins sur lesquels le peintre zoome, leurs tétons durcis comme de petits phallus, les aréoles écumantes sous la pression des canaux lactifères, et à côté un œil en gros plan, comme un autre tétin. *Tétin*, oui, comme disait Ronsard. *Tétin* est plus harmonieux, plus féminin que *téton* qui fait penser à l'Allemagne par une malheureuse association sonore, à l'Allemagne et à une énorme walkyrie *supervixen*…

Un tétin, donc, surgissant d'une fente en croissant de lune, et puis une bouche avec la langue comme un autre tétin. Ça suinte la vie alors qu'en Espagne, son pays, la mort a pris ses quartiers. « *Viva la muerte* » est l'un des cris de ralliement des franquistes.

« Choisir de représenter une femme n'est pas quelque chose dont il faut trop vite négliger les enjeux, reprit Adel. Peut-être qu'il tenait à célébrer l'art et la vie en réponse à ce "Vive la mort" qui est aussi "Mort à la vie".

— Peut-être… À l'époque, Marie-Thérèse vient de lui donner un enfant. C'est écrit sur le cartel, regarde. La petite fille s'appelle Maya, mais Maya est un diminutif affectueux. Le vrai nom est María de la Concepción.

— Comme Concepción Perez », dit-il au bord de se marrer.

Je le saisis par le bras.

« Avoue que tu la connais !

— Je te jure que non.

— Je n'arrive pas à le croire. Qu'est-ce qu'on fout là alors, dans ce *Guernica* sans *Guernica* ?

— Je ne sais pas…

— Qu'est-ce qu'elle t'a dit, à toi ?

— Je te répète ? Voulais-je passer une nuit au musée Picasso, avec toi comme scribe…

— Elle a dit *scribe*, tu es sûr ?

— Oui, je crois… Le scribe, c'est celui qui écrit, non ?

— Mais je suis censé écrire sur quoi ? Sur toi ? Sur Picasso ? Sur toi et Picasso ?

— *No sé.* »

Il s'assoit par terre, sous les dessins aux seins.

Je considère la scène : l'artiste, les jambes croisées enveloppées de bleu, les cheveux en vrac, son gobelet presque médiéval à la main, et au-dessus de lui cette explosive maternité charnelle. Je pense à l'une de ses œuvres, *Lise* (2011). Une vidéo montrant une jeune femme rousse qui offre son sein nu au groin d'un porcelet qui le tète, tout rose et les yeux fermés, concentré sur le plaisir. Les érudits y avaient reconnu une reprise du motif religieux de la *Virgo lactans* : la Vierge allaitant. Ou de l'histoire antique de la jeune Romaine Péra rendant tous les jours visite en prison à son père Cimon condamné à mourir de faim. Elle a l'interdiction de lui apporter de la nourriture, alors elle écarte les pans de sa tunique et offre à son géniteur devenu son enfant, dans une superbe inversion de la chronologie fatale des êtres humains, son sein lourd de lait... Les esprits bornés y avaient vu une nouvelle provocation. Adel avait été accusé de trahir une religion qui n'avait jamais été la sienne.

Je l'ai regardé, et j'ai été pris d'un vertige. Un grand découragement, plutôt. Était-ce de le voir assis si tranquille au milieu de ce fracas de guerre et de mort ? Était-ce parce que je prenais la mesure de la tâche qui était *a priori* la mienne : mettre des mots sur son livre d'images, tâche difficile autant que vaine concernant un art qui précisément avait choisi de se passer de mots ? « Que fais-tu pour empêcher cela ? » interrogeaient les affiches républicaines de la première salle, comme avaient dû s'interroger pas mal d'Algériens pendant la décennie noire. Je voulais bien « scriber » Adel, faire un geste. Mais à quoi allait-il servir, dans un monde d'images ? Picasso lui-même l'avait bien prouvé avec *Guernica*. Mieux que cent poèmes, cent discours, cent romans, une seule image en noir et blanc avait mobilisé le monde entier autour du crime.

Il a dû sentir mon découragement – je devais faire une drôle de tête – car il m'a dit doucement, reprenant la conversation où on l'avait laissée, toujours assis sous le dessin bleu :

« Ce qu'on *fout* là, comme tu dis, je l'ignore. J'ai accepté, moi, de passer cette nuit ici parce que c'est lui, Picasso, et parce que c'est *Guernica*, que j'ai toujours été fasciné par cette toile – on est nombreux, tu me diras – même si elle n'est pas là, même si elle est devenue usante, à force, avec tous ces symboles, toute cette histoire autour d'elle, mais je te l'ai écrit dans les notes que je t'ai envoyées, je n'ai *rien à faire* avec Picasso. Lui il a peint l'ampoule dans *Guernica*, moi je l'ai écrasée…

— Dans ta vidéo *Nuance*… »

Un court film, de 2014, simple mais terrifiant. Plein cadre, posée sur le sol, une ampoule nue produit sa lumière dans un léger grésillement. Ça dure une trentaine de secondes. Le spectateur regarde, presque distraitement. Ce n'est, après tout, qu'une ampoule électrique. Soudain, un pied, nu lui aussi, apparaît dans le champ et écrase l'ampoule, d'un geste net, bref, provoquant l'obscurité immédiate et sans doute, sur la peau entaillée par les fragments de verre, l'effusion du sang invisible sans lumière.

À nouveau, ça tanguait. Je venais de saisir quelque chose. Coïncidence ? Comme si dans ce musée mon cerveau était entraîné à voir partout des rapports entre des éléments qui apparemment n'en avaient pas. Comme si quelqu'un – Concepción ? – voulait me les mettre sous les yeux, ceci expliquant pourquoi nous étions là…

« Qu'est-ce qu'il y a, a repris Adel, tu es tout pâle !

— Rien. C'est absurde.

— L'absurde est souvent la vraie raison des choses, tu le sais bien. Dis-moi !

— J'ai l'impression que ce musée, cette exposition tissent des liens secrets entre des choses… qui ne devraient pas avoir de lien.

— Ça, c'est toi qui le dis. Et tu n'es pas là pour ça, précisément ? Ce n'est pas le travail d'un herméneute ? Dis-moi…

— À une lettre près en partant de *Nuance* on obtient *Numance*, une pièce de Cervantès adaptée par la compagnie de Jean-Louis Barrault au 7, rue des Grands-Augustins. L'endroit précis où Picasso va s'installer quelques mois après pour peindre *Guernica.* La première de la pièce a eu lieu quatre jours avant le bombardement de Guernica. J'ai vu tout à l'heure un dessin d'André Masson pour *Numance.* Il en a fait les décors et les costumes. Lui s'est très vite engagé pour la République espagnole.

— Et ?

— Et tu sais ce que raconte *Numance* ? La destruction d'une ville par une agression étrangère. Comme *Guernica.* Pas les Allemands et les Italiens, mais les Romains. On est en 133 avant Jésus-Christ, l'Espagne s'appelle l'Hispanie et Rome va faire raser cette ville qui lui résiste. Les habitants mourront tous. Et tu sais qui a permis aux Romains de s'imposer en Hispanie ?

— Non. Mais toi oui, visiblement. Cela me fait plaisir que tu te sois autant documenté.

— Je te l'ai dit, j'aime bien savoir où je vais passer la nuit. Mais là ça dépasse toutes mes attentes.

— Alors, qui a aidé les Romains ?

— Une cavalerie numide commandée par Jugurtha. Ça te dit quelque chose ? »

J'avais atteint ma cible. C'est lui qui a pâli.

« Les ancêtres des Berbères, a-t-il répondu. Mais ensuite Jugurtha a résisté aux Romains.

— Il n'empêche. Il est dans l'histoire de ce Guernica antique. Et dans le *Guernica* de Picasso il y a un personnage antique, mort, allongé. Et tu sais où il est né, Jugurtha ? À Cirta, aujourd'hui Constantine, en Algérie. Comme toi.

— Hasard.

— Bien sûr, le hasard. »

Il s'est repris. Rien ne semblait pouvoir l'atteindre :

« Peut-être que Concepción, quelle qu'elle soit, veut que nous cherchions ? Que nous enquêtions ? Peut-être qu'il faudra commettre un meurtre, peut-être un Minotaure nous attend-il dans la dernière salle ? Ou Jugurtha ? C'est toi le scribe. Ne me demande pas. En ce moment c'est déjà assez compliqué pour moi et je... »

Il s'interrompt.

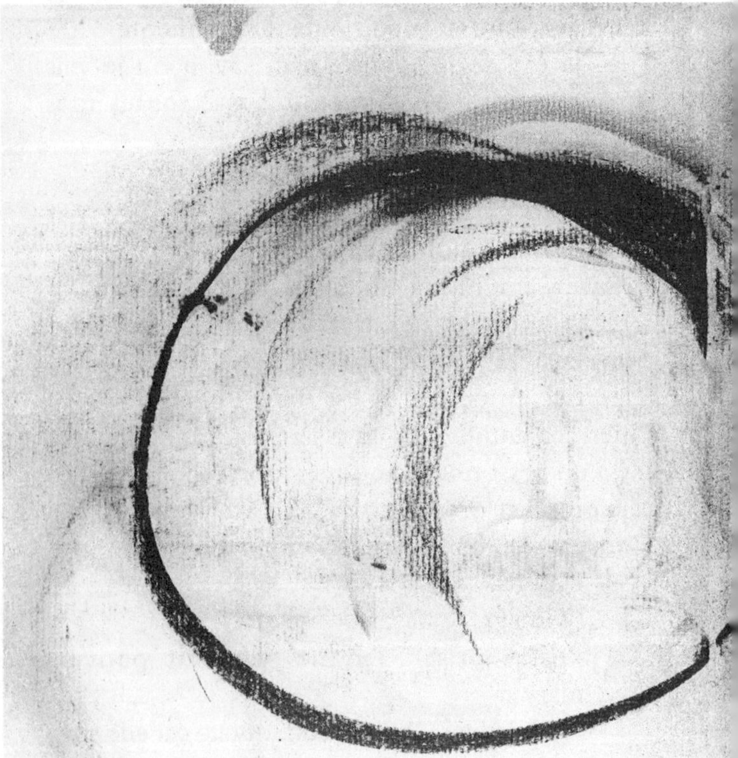

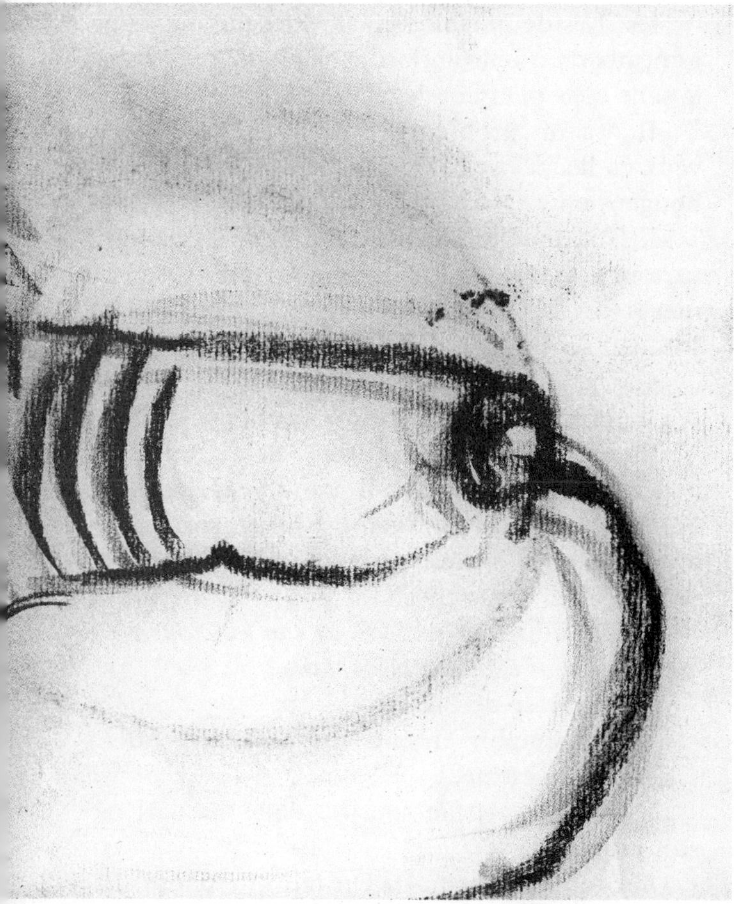

Au fond, une salle s'est allumée et on entend des pas.

Devant nous apparaissent les deux infirmiers-vigiles. Les deux tableaux cubistes ambulants et jumeaux dans leur uniforme blanc. Ils traversent la salle et se plantent devant nous.

« Il y a un problème ? » dit l'un d'eux. Ses yeux vodkaïnés se sont posés sur moi et ils n'en bougent plus.

« Il faut nous dire si quelque chose ne va pas, surtout », ajoute l'autre en fixant Adel. Ce dernier reste assis, muet sous le feu des regards qu'il soutient sans effort.

« Ça va, j'ai dit. Ça va. »

Le premier tend à Adel une enveloppe noire.

« De la part de la *señora* Perez », dit le deuxième.

À ce nom, Adel sourit. Il prend l'enveloppe et la décachette. Un nouveau bristol en sort, noir, avec quelques lettres écrites en blanc, comme ceux que j'ai reçus chez moi.

Adel lit à haute voix : « *Si on sait exactement ce que l'on va faire, à quoi bon le faire ?*

— La phrase de Picasso…

— Concepción entend tout, avance Adel. C'est elle, la scribe… »

Sa remarque le fait sourire. Pour ma part, je suis inquiet.

« On redescend, dit-il. On fait une pause. Et ensuite on cherche. Comme elle le désire. À l'attaque ! »

11

Picasso, pas engagé ? Sur ses dessins préparatoires, apparemment anodins, pointe pourtant un poing levé. Prémonitoire geste de révolte alors que le pire n'a pas encore eu lieu. S'est-il retenu jusque-là ?

Quelques jours plus tard, le 26 avril 1937, à 16 h 20, les avions de la légion Condor allemande et ceux de l'Aviazione Legionaria italienne, alliés à Franco, frappent donc la petite ville basque de Guernica dans ce qui est l'un des premiers raids de terreur de l'histoire sur une population civile. Ils ont choisi un jour de marché. Il y a du monde à Guernica. Des femmes, des hommes et des enfants. Surgis du ciel, qu'ils ne quitteront qu'à 19 h 40, après avoir lâché trente ou quarante tonnes de bombes sur les villageois, quarante-trois appareils allemands, disent les sources, et seize italiens. Combien de morts ? On s'est battu à ce sujet. Plusieurs centaines.

Dès le 28 avril les photos inondent la presse. Picasso est révulsé.

Il lit peut-être ces mots dans *Tierra Vasca*, le 27 avril 1937 : « Gernika, 3 heures du matin. À l'heure où nous sommes arrivés à Gernika, 1 heure du matin, la ville était en flammes. [...] Jamais nous n'aurions imaginé que la cruauté humaine pouvait atteindre de tels extrêmes. À 4 h 30 de l'après-midi, les premiers avions sont apparus. Les aviateurs étrangers ont tout employé pour détruire la population et assassiner les habitants de la Biscaye : des bombes explosives, des bombes incendiaires, le feu des mitrailleuses. »

Ou l'appel que lance, au « monde civilisé », le président du gouvernement basque, José Antonio Aguirre, le 29 avril, pour répondre à la propagande allemande qui nie toute implication dans le bombardement : « Face au manque de scrupules inouï des rebelles, affirmant que nous avons nous-mêmes incendié nos villages, j'élève ma voix afin de protester devant le monde entier. »

Il a peut-être tourné les pages de *L'Aube*, journal catholique, qui publie le témoignage du journaliste anglais Steer : « Le système employé par les appareils de bombardement allemands peut intéresser ceux qui étudient la nouvelle science militaire. [...] Des avions de combat volèrent très bas et fauchèrent à la mitrailleuse les gens que la panique avait fait sortir de leurs abris. Certains de ces souterrains avaient d'ailleurs été défoncés, jusqu'à des profondeurs de 7 à 8 mètres, par des obus d'une demi-tonne. [...] Il s'agit d'abord d'employer des grenades à main et d'énormes bombes pour semer la panique dans la population, puis de mitrailler les gens pour les obliger à se réfugier sous terre et, enfin, de déverser de grosses bombes et des bombes incendiaires pour démolir les bâtiments qui brûlent alors sur les victimes. »

Le 1er mai, première esquisse de ce qui sera le projet final. Quarante suivront dans son atelier des Grands-Augustins, photographiées par son amante Henriette Dora Markovitch, alias Dora Maar, artiste surréaliste, antifasciste, un peu croate, un peu argentine, et française. Le peintre fait de la scène, au départ extérieure, une scène d'intérieur, comme si le massacre s'invitait dans l'atelier, et donc dans la pièce même où la regardera le spectateur. Guernica sera partout. Il peint au Ripolin, de la peinture bien banale, faite pour les murs, et qui va donner une force matérielle, ouvrière, au tableau. En noir et blanc, aussi : comme les photos, a-t-on pu dire, vues par le peintre dans les journaux. Mais plus vraisemblablement, plus réalistement, parce que toute couleur avait déserté ce village obscurci en plein jour par la fumée des bombardements.

Quelques motifs suffisent à Picasso pour installer durablement la terreur dans l'œil du spectateur : des flammes, des femmes en pleurs ou paniquées, un enfant sans vie, un guerrier à l'antique, allongé, piétiné, démembré, et les deux animaux totémiques de l'Espagne, le taureau et le cheval, détournant le regard sous la lampe électrique qui explose. Picasso aurait joué sur les mots *bomba* et *bombilla eléctrica*, l'ampoule.

Les photographies de Dora, aussitôt développées, permettent à l'artiste de confronter l'œuvre en chantier et son rendu. Le pavillon espagnol est inauguré le 12 juillet 1937. *Guernica* occupe le patio et, très vite, cristallise les enjeux politiques. « Non, la peinture n'est pas faite pour décorer les appartements. C'est un instrument de guerre offensive et défensive contre l'ennemi », dira plus tard Picasso, lyrique, engagé, métamorphosé pour toujours. La presse amplifie le message. *Guernica* a touché son but. Le fameux échange verbal entre lui le peintre et Otto Abetz, ambassadeur de l'Allemagne nazie à Paris – « C'est vous qui avez fait ça ? – Non. Vous ! » – a-t-il réellement eu lieu ? Et était-ce avec Otto Abetz ou avec l'écrivain Ernst Jünger, alors capitaine dans la Wehrmacht ?

Tant de légendes autour de ce tableau. Ou plutôt cette icône, que chacun est tenu d'embrasser. Allez, encore une pour la route. Michel Leiris, dans *Cahiers d'art* : « En un rectangle noir et blanc tel que nous apparaît l'antique tragédie, Picasso nous envoie notre lettre de deuil : tout ce que nous aimons va mourir. Et c'est pourquoi il était à ce point nécessaire que tout ce que nous aimons se résumât, comme l'effusion des grands adieux, en quelque chose d'inoubliablement beau. »

« Ça te va ?

— Tu as tellement bien travaillé ! répondit Adel, allongé sur son lit de camp.

— Ne te moque pas. Après l'exposition parisienne, *Guernica* voyage en Angleterre puis aux États-Unis où elle sert d'outil pour lever des fonds en faveur des républicains espagnols. Le peintre, dans son nouveau costume d'artiste engagé, monte un comité d'aide aux réfugiés qui passent la frontière. C'est la *retirada*, la retraite. On raconte que son ami l'écrivain Bergamín était chargé de suivre la toile pour poser sur le tableau une toute petite pièce amovible figurant une goutte de sang, seul point de couleur dans le sombre ensemble. Bergamín la place où il veut, dans les yeux d'une femme, sur la poitrine d'un enfant, sur le pelage du taureau. Tu as remarqué que sa queue dessine un panache de volcan ? En 1939, le déclenchement de la guerre contraint Picasso à laisser l'icône en dépôt au MoMA, qui alors l'exposait. *Guernica* voyage un peu mais New York reste son port d'attache. Elle va y rester plus de quarante ans. Elle, mais aussi l'ensemble des travaux préparatoires, signe que pour lui l'œuvre n'est pas seulement la toile mais tout le processus créatif. “Picasso demandait constamment des nouvelles de son tableau. Comme d'un être humain. Les réponses arrivaient, avec le nombre de visiteurs, l'état de la toile”, m'a raconté l'ancien ministre Roland Dumas chez lui, quai de Bourbon. »

Avocat de métier, il avait été l'artisan du transfert du tableau en Espagne.

« Il m'a dit que Picasso lui avait lancé un jour, à Mougins, assis sur un banc de pierre, au soleil : "Dumas, *Guernica*, c'est la grande affaire de ma vie, et je ne veux pas que *Guernica* entre en Espagne tant que Franco sera vivant." Je m'arrête, Adel, je m'arrête, parce que après il y a le retour du tableau, le roman continue…

— Pourquoi tu dis *retour* ? Il a été peint à Paris !

— En es-tu sûr ? Et si c'était, encore, la légende ? »

Il éclata de rire, et puis se redressa. Art Russe était vide. Alors que sa main se dirigeait vers la Barbarine, il avisa une autre bouteille et attira mon attention sur le fait qu'elle n'était pas là auparavant.

12

Les bouteilles ont des noms, et ces noms sont leur titre. De noblesse ? Non, de roman. Celle-ci paraissait très ancienne et avait pour nom « Soli Invicto Comiti ». Soit, en latin, « Au Soleil invaincu qui m'accompagne ». Sur l'étiquette, un personnage de profil, qui semblait emprunté à une ancienne monnaie romaine, était coiffé d'une couronne radiée. L'un des attributs du soleil divinisé que certains empereurs ne s'étaient pas privés de porter, comme Gallien, qui ajoutait même un peu de poussière d'or dans sa chevelure. Adel fit pivoter la bouteille, mais aucune autre indication n'y figurait.

Il l'ouvrit, la huma.

« On laisse reposer, non ? Je ne sais pas ce qu'on nous offre, ni qui nous l'offre, mais le Soleil invaincu, c'est peut-être trop puissant à ce stade de la nuit ? »

Je nous sentais sous surveillance.

Il ouvrit la Barbarine.

« Au moins, celle-ci, j'en suis sûr. »

Une femme sur l'étiquette. Noire, ou blanche car possiblement en négatif : tout est noir hors les contours blancs. Elle est assise sur ses talons, un turban dans les cheveux, les mains liées devant un rectangle d'un bleu profond. Une fenêtre qui doit représenter une liberté enfuie. La Barbarine : le nom faisait songer aux pirates d'Afrique du Nord et à leurs marchés aux esclaves. Adel ajouta :

« La barbarine est aussi une espèce de moutons de mon pays. Particulièrement résistants à la chaleur du désert, capables de paître dans les dunes. Destinés à la fête de l'Aïd. »

Le sacrifice, toujours.

Il inclina la bouteille en direction de nos verres trembleurs comme des flammes, la belle image d'Apollinaire revenant toujours dans mes souvenirs lorsque l'ivresse me prenait dans ses mains et me faisait déborder. Et Apollinaire, ici, dans la demeure de son vieil ami Picasso, était le bienvenu. À mon tour de réciter :

« *Mon verre est plein d'un vin trembleur comme une flamme*
Écoutez la chanson lente d'un batelier
Qui raconte avoir vu sous la lune sept femmes
Tordre leurs cheveux verts et longs jusqu'à leurs pieds…

— Pourquoi ces vers-là ? m'a demandé Adel.

— L'ivresse, la magie, des déesses aux cheveux couleur d'algues, ou plutôt des sirènes ou des ondines, qui inspirent un désir qu'il faut conjurer, sous peine de noyade, par la présence de filles blondes aux cheveux bien tenus. Oui, cela m'émeut que le poète demande de la discipline face à la rupture d'ordre qui s'annonce et où il sent qu'il peut se perdre. *Et mettez près de moi toutes les filles blondes / Au regard immobile aux nattes repliées.*

— Les filles blondes ? Une discipline ? Parles-en à Picasso en 1932...

— Je sais. Son année érotique, avec Marie-Thérèse, la mère de Concepción. »

Adel sourit malicieusement.

Il ouvrit son cahier. Sous les caresses de sa mine germinale une femme surgit, accrochée au cou d'un sphinx. Ou plutôt d'une sphinge, l'une de celles qui gardaient les terrasses du musée, pattes repliées comme après un festin, ou l'attendant calmement. Puis il dessina une femme au visage s'étirant vers la droite, comme s'il fuyait. Il en fit naître une autre, aux seins petits, pointus, bras écartés, prenant son envol vers le vide.

Et à côté d'un hibou, l'un de ses oiseaux fétiches parce qu'il voit dans l'obscurité, il écrivit le mot « Nudité ».

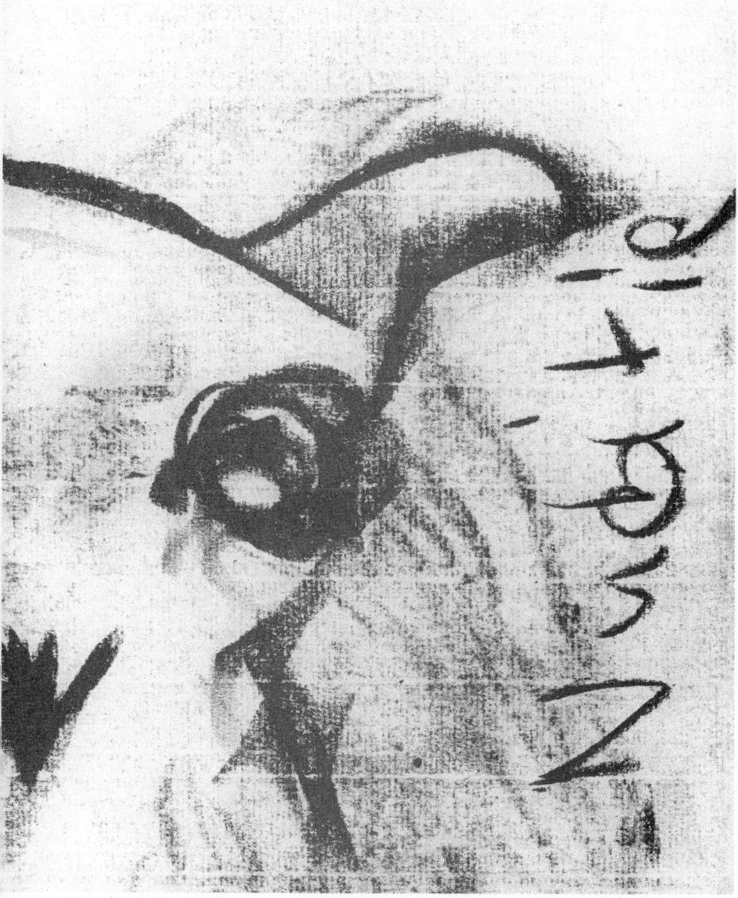

13

« Je vais te raconter une histoire que bien peu de gens connaissent. L'histoire du dernier nu d'Algérie. »

Il est quoi, 1 heure ? 2 heures ? Ce n'est pas le temps des montres, on a dit, alors laissons tomber à nouveau. Laisser tomber le temps ? C'est lui qui nous laissera, nous fera tomber. Le dictaphone tourne et enregistre les mots d'Adel :

« Elle s'appelait Nadia. Elle vivait dangereusement. Elle avait gardé les yeux très noirs de sa jeunesse. C'était une ancienne ballerine du Ballet national algérien. Elle aurait pu y faire carrière, mais elle avait été déçue par l'homme qu'elle aimait et avait dû, pour survivre, se "débrouiller", comme on dit. On racontait qu'elle avait une fille, mais elle n'en parlait jamais. Elle posait depuis 1968. Elle avait les cheveux courts, et un corps très brun. À 50 ans, elle restait jeune femme, belle pour la vie, comme les déesses de l'Antiquité qui n'ont pas d'âge… Quelques étudiants étaient gênés, ils disaient qu'ils avaient l'impression de voir leur sœur, leur mère, ou leur grand-mère… En 1983, à cause d'un étudiant intégriste, un de ceux qui jetaient de l'acide sur les femmes, le cours obligatoire de nu a été supprimé. Nadia a dû progressivement se rhabiller, recouvrir sa peau alors qu'elle était là pour nous montrer ce qu'étaient la peau, la chair. Les os, les crânes, les squelettes, on savait trop bien les dessiner…

— Il n'y a plus jamais eu de nu ?

— Si. Le directeur de l'école, monsieur Asselah, dont je t'ai parlé, était courageux. C'était un homme libre, il l'a payé cher. Il mesurait la pression mais il a accepté qu'on ouvre un petit atelier de nu. Pour quelques étudiants seulement, dont moi. C'était presque clandestin. Nadia ôtait ses bas et son soutien-gorge, et nous la dessinions. Nous l'aimions beaucoup. Elle nous apportait la science de la liberté… Car le nu est la science de la liberté. J'avais connu, tu vois, ma première censure à cause d'un nu. À l'école d'art de Batna, avant que j'aille à Alger.

— Quel nu ?

— J'avais peint une femme, assise devant une cascade. Une miniature, de la gouache sur du papier, que j'avais intitulée *Paradis.*

— Décris-la mieux ! »

Il s'exécute, mais il est laconique. Alors je vais le faire, car depuis il me l'a montré, son *Paradis* en miniature : elle est assise au bord de l'eau, dans un paysage de montagne saturé d'arbres, d'herbes sauvages, de mousse. Elle ne porte rien que des bijoux. Des boucles berbères étincellent dans sa chevelure brune, des bracelets d'argent à ses poignets, ses chevilles. Ses jambes sont croisées, un voile presque transparent passe entre ses cuisses, ses mains tiennent un linge blanc. Sans doute est-elle à sa toilette, et sans doute a-t-elle été surprise car elle nous regarde, et c'est la chose importante. Dans ce regard, noir, mais d'un noir sans haine, il n'y a pas d'effroi, pas de colère. Elle n'a pas été surprise. Elle consent au regard. Elle pose. Elle est le modèle nu.

« Ils l'ont retiré de l'exposition de l'école. Une censure de mon imaginaire. Ma première censure. J'en ai été très choqué, mais je ne pouvais rien faire. Ça s'est arrêté là. Nadia, elle, si les gens avaient su, je pense qu'on l'aurait tuée, décapitée même. Le GIA, c'était Daech avant Daech. Les mêmes mises en scène morbides des têtes exposées aux populations, des sermons écrits sur les murs en lettres de sang. Jusqu'aux noms dont s'affublaient les tueurs. Dans l'ouest du pays, l'un d'eux se faisait appeler Eddib Eljaan, "Loup Affamé". Il était la réincarnation de nos peurs enfantines. Tu vois le match : d'un côté, la gueule sanglante de Loup Affamé et, de l'autre, la douceur de la peau et de la voix de Nadia, le modèle nu. »

Nadia n'a pas été assassinée. Monsieur Asselah, si. Le dernier nu…

*

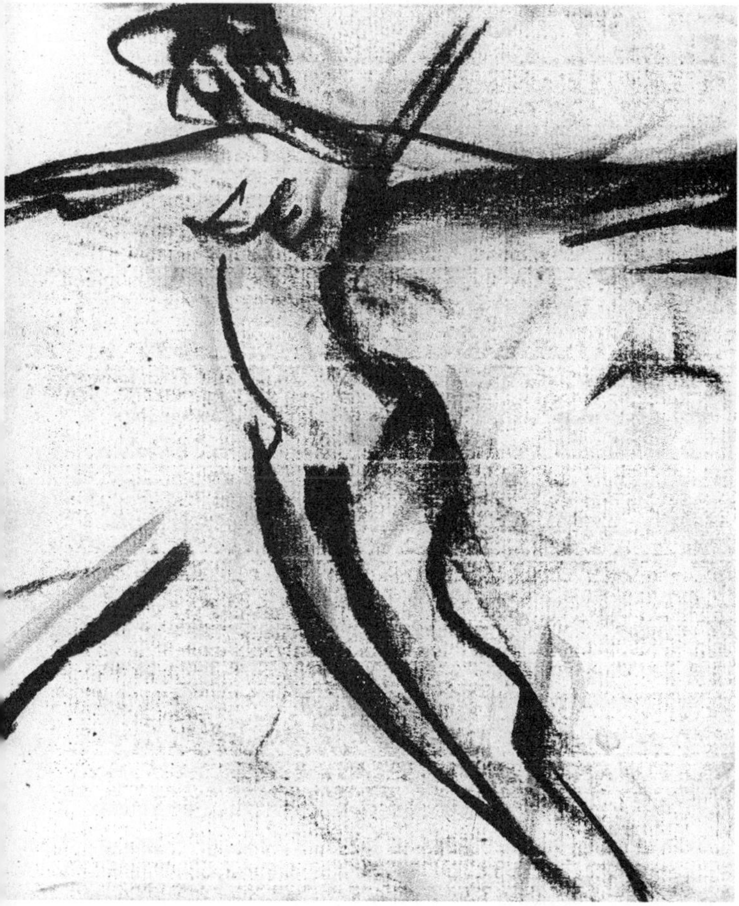

« La peinture n'est jamais chaste », disait Picasso, qui rencontre Dora Maar alors qu'elle a 28 ans, lui 54. C'est en 1935 et on n'est pas encore à *Guernica.* Il crayonne, en couleur, *Dora et le Minotaure.* Un homme, taureau à partir des épaules, et une femme renversée par lui dans une nature dorée. Elle a la bouche rouge et les yeux ouverts, les cheveux qui se confondent avec l'herbe verte, jaune, rose, d'un jardin mythologique. Il a une main sur son sein gauche – qu'elle se caresse aussi, à deux, c'est mieux – et le mufle entre ses jambes, triangle noir. Un autre bras saisit une cuisse pour la mettre dans une position permettant d'entrer en elle, mais il y a comme un problème : il n'a pas de sexe. Ce Minotaure, symbole de la force animale qui reste enfouie en l'homme, n'a pas de sexe. Dora ne sera pas possédée par le Minotaure. Et l'on sait que, pour Picasso, le Minotaure c'est lui. Il l'a doté d'un œil fou, humain et impuissant.

Il ne possède pas Dora parce que c'est elle qui le possède. Et qui le façonne. Le Picasso nouveau est arrivé et il sera engagé. Elle le rattrape en plein délit de fuite. Il abandonne le peintre et son modèle.

« Pas d'accord, dit Adel. Le modèle, ce n'est pas seulement celle qu'on peint. C'est celle qu'on suit. Modèle à suivre… Dora est devenue le modèle. »

Je me souvenais, dans l'atelier d'Adel, d'un immense dessin, un immense portrait au charbon de sa femme Julie, la mère de ses enfants. Julie était partout dans l'œuvre d'Adel.

« Dirais-tu que c'est ta muse ?

— Non. Muse manque de corps, de vie. On pourrait songer à un moment de grâce entre un homme et une femme réunis autour de l'art mais muse, ça fait spectacle. Quand je dis muse, je pense à un salon romantique, à une toile avec un cadre doré, à une relation finalement autoritaire entre un homme et une femme ramenée à une simple inspiratrice dans la tradition la plus machiste de la culture occidentale… Ce qui n'empêche pas que, pour moi, la présence d'une femme à mes côtés dans l'art est décisive. Et cette femme c'est Julie, ma femme. Mais pourquoi la réduire à une muse ? Il y a un engagement profond entre nous deux et je n'ose même pas en parler, tant c'est important. Julie, c'est ma femme, c'est une présence totale, elle est irréductible à une fonction de muse. Julie, elle agit… Mais je ne vais pas te livrer tous mes secrets, mon ami ! L'héritage du désir, il faut le garder.

— L'héritage du désir ? Tu deviens sibyllin.

— Tu es le scribe ! D'accord, je te dis : pour moi, la liberté que nous aimons s'incarne dans une femme. Avec ma femme, je ne meurs pas.

— Et la petite mort, tu en fais quoi ? Toi qui as filmé des gens qui font l'amour ?

— *Real Time ?* Tu sais que c'est Julie qui tient la caméra, comme dans tous mes films ? *Real*

Time, oui, temps réel… On devait être en 2003, c'était à Berlin, j'étais un artiste fauché, on n'avait pas de télé, on annonçait le bombardement sur Bagdad en direct mondial. Dans notre quartier il y avait un bar à bière où les gens se retrouvaient pour voir le foot et applaudir les buts, commenter. Sur la porte, il y avait une pancarte avec ces deux mots écrits : *Real Time.* Sauf qu'un jour, sur leur écran, ils n'ont pas diffusé un match de foot mais les bombardements sur l'Irak, en instantané, *real time*, et j'étais choqué : les gens applaudissaient, comme au foot ! Je n'en ai pas dormi, je pensais à ce monde où tu applaudis à tout, même à des gens dans le malheur, un monde où tout est spectacle, même ce qui ne devrait pas l'être. Et j'ai pensé, est-ce que tu applaudirais aussi, pendant qu'on y est, ton père et ta mère qui font l'amour si tu pouvais y assister ? J'ai eu l'idée de *Real Time* comme ça, pour la Biennale de Venise. Des gens qui font l'amour et d'autres qui applaudissent. Qui applaudissent ce qui ne devrait être accompli sous aucun autre regard que celui des amants. Je n'avais pas d'argent pour financer la performance, alors la nuit qui précédait j'ai dessiné l'image que je voulais et j'en ai fait une affiche que j'ai placardée dans les rues pour recruter des volontaires, parce que je ne voulais pas d'acteurs professionnels pour ça. Ils sont venus, et on a filmé. Une humanité qui jouit, une humanité qui applaudit. Deux utopies. Il faut choisir. Ce n'était plus Thanatos qu'on acclamait, mais Éros… L'orgasme, le volcan, le feu, *mondedieu* !

— Monde de dieu, encore, ou mont de dieu ? Quand on dit ça je pense au Golgotha, le “lieu du crâne”, en hébreu…

— Le crâne, je l'ai écrasé dans un dessin. J'ai écrasé la mort.

— Et Dieu, tu l'as mis dans la merde », ai-je ajouté en référence à l'une de ses vidéos. *State*, c'était son nom, immergeait le spectateur dans une succession de labyrinthes inspirés de l'art ornemental du Maghreb. L'expression « *Allah akbar* » était dissimulée dans les arabesques, mais le détail, c'est qu'il les avait dessinées avec des excréments de chien…

Il rit encore.

« Et ce rire que tu as…

— Tu sais que j'ai été convoqué à l'école des beaux-arts de Batna, à cause de ce rire ? Ils m'ont donné un avertissement en conseil de discipline… Le directeur, les professeurs, statuant sur mon *rire bizarre*… Quand mon père a reçu la convocation, il est allé les voir parce qu'il ne comprenait pas. Il leur a dit : “Je veux bien que vous le convoquiez, mais pour un *rire bizarre*, ça veut dire quoi ?”

— Certains, ou plutôt certaines, ont été brûlés pour moins que ça !

— Moi, ils m'ont juste censuré. Pour ce nu qu'ils ont retiré, d'autorité, de l'école. Une simple femme assise devant une cascade ! Mon

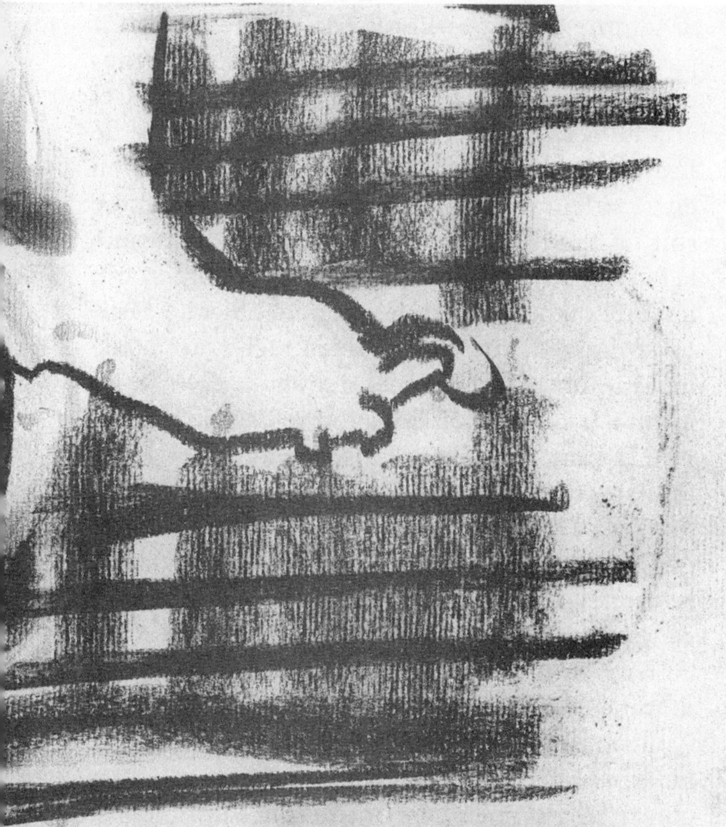

Paradis ! Voilà pourquoi tu as tort de ne pas donner l'importance qu'il faut donner à ce peintre et son modèle. Là où il y a le culte de la virilité, la femme n'est pas libre, en Algérie elle n'est pas libre, et je ne crois pas qu'elle l'était beaucoup dans cette Espagne de la guerre civile, et elle ne sera pas libre dans l'Espagne bigote de Franco. Est-elle pleinement libre en France, ou en Occident ? Voilà pourquoi le fait que la femme soit un modèle, c'est important. Voilà pourquoi le fait que les artistes la peignent, c'est important, habillée ou nue, prostituée ou non, objet de désir, objet d'amour, qu'elle soit bien réelle ou qu'elle incarne un mythe éternel depuis la préhistoire jusqu'à la dissolution de sa forme dans la modernité la plus actuelle… La seule fois où j'ai été militant, je te l'ai raconté, c'est pour la cause des femmes. Parce que j'ai vu ma mère qui n'arrivait pas à s'exprimer, à jouir dans une société exaltant la virilité, dominée par cet islam-là qui n'était pas venu avec du miel mais avec la hache. Et dont la conviction profonde est que la femme doit être dominée. Un de mes premiers combats d'homme – puisque ma jeunesse a été volée, assassinée, par le terrorisme, l'islam assassin – a été de m'élever contre ça. J'ai grandi dans l'interdit. Pour moi cet islam-là est la religion la plus nazie de notre temps.

— Tu y vas fort…

— Ils y vont fort aussi, tu ne crois pas ? Ils ont assassiné ma jeunesse. Et celle de tant de gens. Et les femmes. Et la langue. J'ai été arabisé de force, par des professeurs venus d'Égypte. Mon père a interdit à ma mère de parler le berbère, leur langue ! Interdite, comme les Français l'avaient interdite. Sauf dans les chansons, et encore, parce qu'on pouvait la considérer, alors, comme du folklore.

— Berbère vient de "barbare"…

— Je sais : celui qui ne parle pas le grec, et donc par borborygmes… *bar-bar*… Tiens, de la Barbarine… » Il me resservit un verre. « Mais je préfère le nom Amazigh, c'est comme ça que les Berbères s'appellent entre eux. Ça veut dire "homme libre". Et malgré ça, mon frère a interdit à ma mère de mettre des pantalons, qu'elle portait pourtant avec une élégance extraordinaire. Pourquoi ? Parce que ses copains en avaient parlé et qu'il a eu peur. Aussi, parce qu'à l'époque, je t'ai dit, certains fous jetaient de l'acide sur les pieds et le visage des femmes qui ne portaient pas la djellaba. Ils voulaient les défigurer, et brûler les jambes qui rappellent les cuisses qui rappellent le sexe. Il fallait brûler l'idée du désir, l'idée du plaisir, l'idée même de tentation. Ils ne pensaient qu'à ça, en fait. Alors que, quand on était petits, les mères portaient des jupes, et même, dans les années 1970, des minijupes, et on n'en faisait pas une affaire. Elles mangeaient des glaces, et elles étaient heureuses, et ce sont les femmes qui se voilaient qui étaient mal vues, on les appelait "les étrangères". Rien à voir avec le haïk, le vêtement

Dat wi

qui recouvre tout le corps, et que tu vois sur les peintures orientalistes d'Étienne Dinet. Celui que les femmes portaient mais pour couvrir leur pauvreté.

— Étienne Dinet, le peintre des Ouled Naïl, qui s'est converti à l'islam… »

Il me coupa :

« On termine nos verres et on remonte ?

— On n'a pas encore fini avec la femme.

— Tu sais ce que dirait ma mère si elle était là ? Elle dirait, parler ce n'est pas voir, et elle voudrait qu'on aille voir les œuvres. »

Il avait l'air, lui, de savoir où aller. Où chercher.

« Mangeons d'abord, sinon je vais tomber.

— Entendu. Je vais te parler de ma mère, alors. J'aimerais bien que dans ta scriberie tu parles de ma mère.

— Je suis censé faire quoi, écrire tes Mémoires ? Une nuit c'est court pour une vie…

— Déjà tu enregistres. Ce n'est pas perdu. Et le temps presse. »

14

On piochait de bon cœur dans le *jamón ibérico de bellota.* Les tableaux et notre discussion m'avaient étourdi. Le vin ne devait pas y être étranger. Le délicieux « pata negra », nourri aux glands des vieux chênes d'Andalousie, me redonnait des forces et ça faisait du bien.

Adel saisit son smartphone et pianota sur l'écran. Bientôt un air de raï monta jusqu'au plafond, sacré exotisme pour les nymphes et les *ignudi*, des anges dépourvus d'ailes, assis sur les corniches et tenant des guirlandes de fleurs. Allaient-ils descendre par l'escalier pour danser avec nous ? Car Adel avait commencé à danser. Debout, les bras en l'air, son verre à la main, tournant sur lui-même, bougeant les hanches lentement, et chantant…

« Ça veut dire quoi ? »

Il me traduisit en continuant à chanter et danser :

W ya datni el mahna datni
Yana datni rawja datni

W datni mahnetha ya nesker kouli youm
Ya datni sekra datni
Yana datni rawja datni
W zewjouha mounkour w hya bla khber
W ya datni sekra datni
Yaaaah datni Imahna datni

L'ivresse m'emporte
elle m'emporte
Et la souffrance m'emporte
Je m'enivre chaque jour
L'ivresse m'emporte
Ils l'ont mariée de force sans qu'elle le sache
L'ivresse m'emporte
Et la souffrance m'emporte

« La chanson s'appelle *Datni Sekra*, et celui qui chante c'est Cheb Khaled.

— À chaque fois que je te vois tu me fais écouter du raï...

— Parce que c'est la musique de l'âme et du cœur, une musique crue et belle qui ose dire ce que les autres rêvent, ou pensent. On y parle de la femme et de l'amour, de la déception, de la sexualité, de la fragilité des hommes aussi. *Raï*, ça veut dire "opinion", ou "point de vue", en arabe. On ne l'écoute pas en famille. C'est une musique de cabaret, une musique de rupture, on l'écoute la nuit, quand l'alcool coule. En mangeant de la chlita, du piment vert avec des tomates découpées en cubes arrosés d'huile d'olive, servis avec du pain. C'est censé t'enflammer la bouche avant de boire… Pas pour le plaisir de boire : l'ivresse immortelle ouvre le chant de la résistance. Elle te porte vers ton être libre et ta puissance. Elle t'ouvre d'autres mondes, te permet de chanter un désir que tu ne peux pas assumer en société. C'est une musique chantée par les hommes, Cheb Khaled, Cheb Mami, mais aussi par les femmes, et je te ferai écouter un jour Cheikha Rimitti, qu'on appelait la reine du raï. On disait qu'elle mettait du whisky dans sa théière. Elle a été censurée par le gouvernement, exilée. Elle parlait de virginité, d'extrajouissance. Cheb Hasni, les islamistes l'ont assassiné à Oran. Il avait 26 ans. On l'appelait le Rossignol tant il exprimait les émotions à l'état pur. »

Les nymphes au-dessus de nous semblèrent se cacher le visage pour pleurer. « Écoute ça comme c'est beau… »

Il se remit à chanter : « *L'ivresse m'emporte, elle m'emporte…* »

Il reprit : « La musique, pas seulement le raï mais le malouf, la musique arabo-andalouse de Cheikh Raymond, qui était juif, ou le gasba chaoui, de ma région, les Aurès, avec Aïssa Djermouni et Hadda Beggar, les chansons kabyles de Matoub Lounès, qui parlait plus qu'il ne chantait, me rappelle la vie d'avant le départ. Avant l'exil. Une incandescence… Me rappelle ma mère, aussi…

— Tu penses souvent à elle ?

— Oui, et je lui parle souvent… À défaut de la voir ! »

Il rit.

« Elle est en Algérie ? Elle s'appelle Nafissa, c'est ça ? Tu as donné ce titre à l'une de tes œuvres. Elle te tient dans ses bras, comme une pietà, mais toi, à la différence du Christ, tu as les yeux ouverts et tu la regardes en souriant. »

Il s'arrêta de danser.

« Parce que je suis vraiment ressuscité ! *Nafissa*, ça veut dire "qui donne l'âme". Le souffle vital, l'air qui peut faire rougeoyer les braises. Ma mère cuisine admirablement, tu sais. Même quand il n'y avait pas grand-chose, elle se débrouillait et nous faisait une bonne chorba. C'est la déesse du foyer !

— On m'a dit que tu massais toi-même admirablement le gigot d'agneau avant de le cuire…

— Moins bien qu'elle. Je cuisine aussi, mais je cuisine mon art. Un jour j'appelle ma mère, elle me dit qu'elle ne peut pas me parler parce qu'elle prépare des boureks, elle m'en faisait quand j'étais petit. Il s'agit de feuilles de brick farcies d'une purée de pommes de terre et de viande hachée rehaussée d'oignons et de persil. Ça me faisait envie, mais elle était loin, en Algérie, et moi ici, à Paris, alors je ne mangerais pas, ce coup-là, ses boureks… C'est difficile à faire, les boureks, car les feuilles de brick sont très fines, friables. On a raccroché, parce qu'elle ne voulait pas rater ses boureks, et du coup je suis retourné à l'atelier et j'ai fait moi aussi ma cuisine et mon *Bourek* à moi.

— En 2005, un avion que tu as compressé… Un feuilleté de tôles !

— Oui, mon *Bourek* à moi. »

Telle mère tel fils. C'était le nom d'une autre de ses sculptures. Colossale. Trois avions enchâssés les uns dans les autres, pour créer une immense tresse de fuselage, du cockpit à la queue. Exposée au Centre Pompidou, dans l'entrée, lors de sa grande rétrospective, où figurait aussi son *Guernica* animalier, *Qui a peur du grand méchant loup ?*.

Telle mère, tel fils ? Dans le « mundillo » de l'art contemporain, où la norme, le faux chic et une certaine forme d'inculture voulaient qu'un artiste intitule ses œuvres *Sans titre*, il était l'un des rares à mettre des mots sur ses images puisque c'est ainsi qu'il les appelait, ses créations. Des « images ». Mais pourquoi les mots *Telle mère tel fils* sur cette image d'étreinte gigantesque entre trois avions ? Transports amoureux ? De cet amour sans rivalité, sans tragique, qui unit le fils à la mère, la mère à son fils ? Sans tragique sauf quand les bombes brûlaient l'objet de l'amour, comme dans *Guernica*, précisément, avec cette mère hurlant à la mort, son enfant sans vie dans les bras.

La mort venue des avions, Adel Abdessemed l'avait vue à l'œuvre à New York, le 11 septembre

2001. J'avais lu quelque part le récit qu'il en avait fait, le coup de téléphone qui réveille, la pulsion d'aller voir plutôt que de parler car parler ce n'est pas voir, et la découverte qu'il ne restait plus qu'une tour là où il y en avait deux. Et encore, ce n'était pas fini. La mort venue d'en haut viendrait par deux fois frapper ceux qui s'étaient élevés depuis la terre. À New York, une mère avait-elle pris dans ses bras un fils mourant pour le ressusciter comme Nafissa ressuscitait Adel, ou avait-elle simplement crié de désespoir comme celle de *Guernica* ?

Telle mère tel fils. Et pas « Tel père tel fils ». Dans la mythologie d'Adel, de la même manière qu'on se nourrissait de mère à fils, boureks, olives et huile, on s'étreignait de mère à fils. On était là l'un pour l'autre. Alors que les pères… « Pourquoi m'as-tu abandonné ? » pleurait le fils dans le silence du père absent. C'est aussi ce que disaient ses christs de métal aux yeux vides, comme dissous par les larmes. « Je ne t'abandonnerai pas », disait *Telle mère tel fils*, nous sommes tressés l'un à l'autre, je te nourris, tu me nourris, nous sommes païens plus que chrétiens ou musulmans, parce que chez les monothéistes les pères abandonnent leurs fils. Comment ne pas penser à cela dans cet hôtel Salé plein de minotaures, ces autres fils abandonnés ? Il faudrait, aussi, qu'on aille les voir…

« Tu parles très peu de ton père. Il est toujours vivant ?

— Oui. C'est vrai, j'en parle très peu. Il a fait la guerre d'Algérie… Un officier du renseignement. Un grand tireur… Mais attention, quelqu'un de très simple.

— Tout cela à la fois ?

— Oui, tout cela à la fois. Il y avait des coupes à la maison, des coupes de métal qui saluaient ses prouesses dans des compétitions de tir. Et des médailles. Il faisait partie des premiers policiers algériens, formés par le KGB. Mais tu as raison, tout cela à la fois c'est déjà trop et je préfère ne pas en savoir trop sur lui. C'était la guerre, il a combattu l'OAS. "Pourquoi veux-tu que je te dise que j'ai tué un homme ?" me répondait-il parfois. C'est vrai, pourquoi faudrait-il que je sache ? Son passé est à lui. C'est un sujet tabou, entre lui et moi. Mon père est un homme de son époque. Quelqu'un qui aime profondément son pays. Il a vraiment lutté contre le terrorisme.

— C'était quel genre de père ?

— Ferme, peut-être un peu trop. Il a, je te l'ai dit, interdit à ma mère de parler le berbère, et pourtant il était berbère lui aussi. Mais il voulait qu'on parle arabe, le français c'était la langue du colon, l'arabe la langue que parlait Boumédiène. Il respectait le courage. À condition qu'on excelle. Quand j'ai dit que je voulais entrer aux Beaux-Arts, parce que les Beaux-Arts ouvraient à Batna, il m'a répondu non, et puis il a consulté sa sœur, et il m'a dit qu'il était d'accord. "Mais ce que je veux, a-t-il ajouté, c'est que tu n'échoues pas.” “Je te promets que je serai le premier”, je lui ai assuré. Et j’ai été premier. Il a été fier. *Number one* : il fallait être comme un cheval de course, disait-il.

— Il s’intéresse à l’art ?

— Il était très sensible à la calligraphie. Un peu scribe, comme toi. Il recopiait des corans, de A à Z. Mon père a une écriture de dingue, sa précision m’a toujours impressionné. Un jour, je suis venu avec Julie, il voulait lui faire un cadeau. Il a mis trois heures pour l’emballer. Je dirais qu’il a le sens du détail. Allez viens ! Maintenant on va voir *Guernica*. Et ne me dis pas qu’elle n’est pas là ! »

15

Nous nous sommes rués dans le grand escalier éclairé par le lustre de Diego Giacometti, nos gobelets dans les mains. On a glissé sur le marbre blanc pour aller plus vite, les figures des moulures dansant en nous couvant du regard, nous *allumant.* On est arrivés dans la salle où étaient projetées l'une après l'autre, sur un écran aux dimensions de *Guernica*, les photos que Dora Maar avait prises du tableau en train de se faire dans l'atelier des Grands-Augustins.

Il y a des lieux telluriques à Paris. Le 7, rue des Grands-Augustins abrita l'hôtel d'Hercule et l'ordre du Saint-Esprit. C'est là que Balzac place l'atelier de Frenhofer, l'artiste de sa nouvelle *Le Chef-d'œuvre inconnu.* C'est aussi le 7 qui accueille les réunions du groupe « Contre-Attaque » de Bataille et Breton, et la représentation du *Tableau des merveilles* de Jean-Louis Barrault.

Le 7, aussi, comme les sept jours de la Création.

« On ne parle pas de Dieu, je t'ai dit. Dieu n'a rien à faire avec les artistes. »

C'est là que l'objectif de Dora va fixer la genèse d'un chef-d'œuvre qui sera tout sauf inconnu. Dora travaille pour Christian Zervos, le fondateur de la revue *Cahiers d'art*, dont un numéro doit reproduire cette métamorphose en acte. « Dora » vient du grec et ça veut dire « cadeau ». Pablo lui en fait un, dévoilant pour elle les coulisses de son art, le grand dessein qui peu à peu se dessine.

L'atelier étant trop petit pour la toile, il fallait la mettre en biais. On le voit bien sur les photos. Le peintre n'avait pas le recul nécessaire : elle le lui offre par ses clichés. Dora lui offre le recul, Dora le bouscule. C'est son cadeau à elle. Picasso traverse alors une sale période. Il ne crée pas grand-chose qui vaille, ne se met au travail qu'en rechignant. Sa vie privée, avec Marie-Thérèse, est un drame. Un poids qu'il n'arrive pas à soulever. « Il y a des moments dans la vie où on n'est ni vivant ni mort, et pendant deux ans Picasso n'a été ni vivant ni mort », racontera son amie Gertrude Stein. Moment de crise. Moment critique.

Dora et Pablo. Première rencontre, au café, à Paris, aux Deux Magots. Picasso et ses amis, et la Dora aux grands yeux noirs plaquant sa main gantée sur la table, sortant un couteau et le plantant entre son pouce et son index, puis son index et son majeur, son majeur et son annulaire, et ainsi de suite, très vite, phalange après phalange, et puis dans l'autre sens, virtuose. Il paraît que c'est le pervers génial Georges Bataille, son amant, l'auteur du *Bleu du ciel*, qui lui a appris ce jeu cruel où le couteau parfois rate l'espace entre les doigts et frappe le dos de la main. Le sang coule, le gant est écarlate. Picasso le fétichiste du sang voit rouge et c'est délicieux, il lui demande le gant, il l'obtient.

On raconte aussi qu'elle avait enlevé le gant avant le jeu du couteau. Et que ces gants étaient noirs, brodés de petites fleurs. Du sang sur les fleurs ? Rosée animale…

Je me dis en regardant les photos qui défilent, grandeur nature ou presque, qu'ils devaient bien baiser, ces deux-là, après et même pendant les séances de peinture, entre deux coups de pinceau un coup de reins, sous le feu des lampes braquées sur le tableau et braquées aussi sur leurs corps nus ou semi-nus – comment savoir ? – en train de se prendre et de se manger. Un spectacle que les photos ne montreraient pas, mais le dessin *Dora et le Minotaure* aidait à se figurer les choses… Le monstre, on a vu, n'avait pas de sexe. C'est Dora qui prenait Pablo. En photo. Et ne pouvant la prendre Picasso finirait par broyer Maar, la réduisant aux larmes, à la femme qui pleure jusqu'à la fin des temps. La suite de l'histoire n'était pas rose. Ni bleue. Un champ de larmes et de folie. Ce Picasso en noir et blanc annonçait la couleur. Sombre.

« ADORA MAAR », lui écrivait-il parfois.

Pablo *adora* Maar. C'était fini avant même de commencer.

Je suis ivre et les photos me semblent défiler de plus en plus vite. Le tableau se fait et se défait, à l'infini. Dora montre tout de ce que nous n'aurions jamais dû voir : le génie à l'œuvre, changeant ses plans initiaux, ajoutant des éléments, en enlevant d'autres. Esquisses et repentirs : c'est presque obscène de se voir révéler qu'il a autant tâtonné. Pourquoi, par exemple, alors que tout reste en place – le taureau, les femmes, l'enfant –, le bras tendu disparaît-il ? Il brandit ce qui ressemble à une gerbe de blé sur fond de soleil tournesol éclatant. Le guerrier antique, lui, a changé de côté, et il ne lui reste plus, à brandir, que son glaive cassé, dérisoire, impuissant à conjurer la mort qui tombe du ciel, cette mort totalement nouvelle qui explose, brûle et mitraille dans un bruit aveuglant. Cette mort, le peintre la figure sous la forme d'une ampoule, la modernité même, la « Fée Électricité » comme l'appelait Raoul Dufy, d'ailleurs l'exposition dans laquelle *Guernica* s'inscrit a pour thème « Les arts et techniques dans la vie moderne ». La vie moderne implique-t-elle la mort moderne ?

On n'est plus très loin, huit ans seulement, d'Hiroshima qu'évoquait Adel dans la lettre qu'il m'avait envoyée. La grande et terrible lueur de Little Boy et ses soixante-quatre kilos d'uranium 235. Si léger, par rapport aux trente ou quarante tonnes de bombes déversées sur Guernica.

Cette mort est aussi un œil. Il n'est pas là au début, l'œil qui déflagre. Il va remplacer le tournesol. C'est d'abord juste une fente, un œil aveugle, un sexe à l'horizontale. Je pense à cela à cause d'un dessin préparatoire au « peintre et son modèle ». Picasso représente déjà l'ampoule mais la loge entre les cuisses de la femme. L'ampoule de *Guernica* ne donne pas de plaisir, elle. Pas de petite mort mais la grande, éclairée par les ampoules braquées par Dora sur la peinture en train de se faire, et peut-être braquées après la peinture sur le sexe de Dora ouvert pour accueillir celui du peintre ? Tout cela est obscène, mais on n'a pas été pour rien l'amante de Georges Bataille, l'auteur de l'*Histoire de l'œil*, qui est une histoire de sexe.

L'alcool agit, Socrate, Art Russe et Barbarine. Je délire, j'interprète, mais je suis le scribe après tout, et Picasso n'est pas là pour me dire si je fais fausse route. En tout cas je n'arrive pas à détacher mes yeux de cet œil unique, cet œil de mort, ce soleil électrique qui me force à regarder ce qu'il y a sous lui, la mort des femmes et des enfants, la douleur. Il y a le cheval, qui au départ avait la tête ployée, et qui, dans le *Guernica* final, la redresse pour mieux mourir, langue pointue tendue dans une dernière érection du cou, cou coupé, comme disait Apollinaire du soleil, et c'est un soleil de mort, cette ampoule obscène.

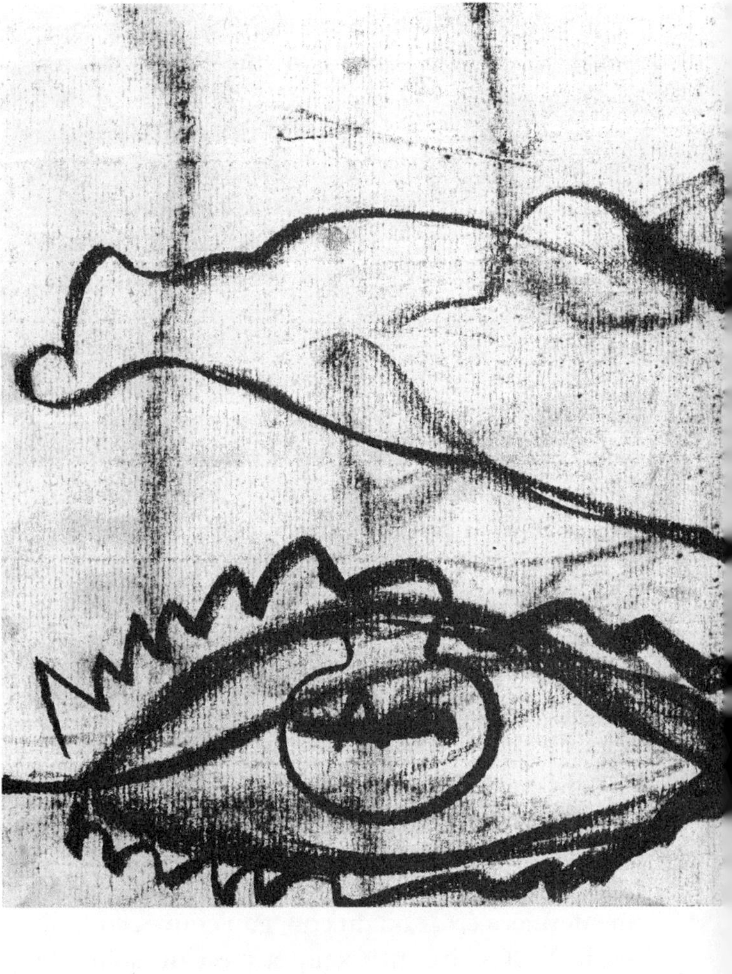

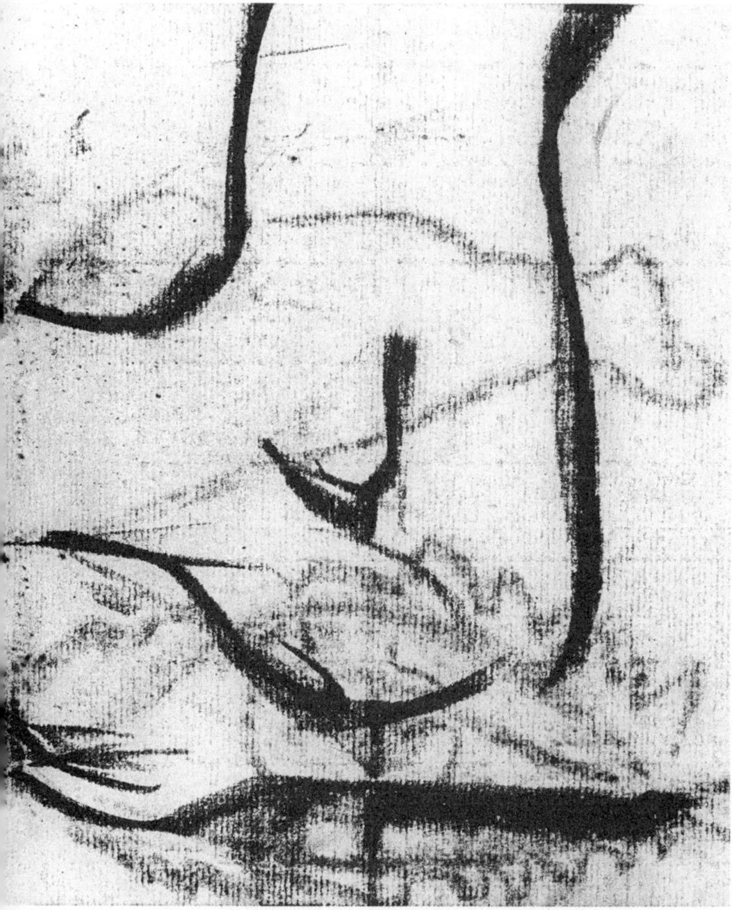

Et là je vois Adel qui dessine rageusement, debout, et je repense à ses mots, sur les notes préparatoires à ce rendez-vous nocturne.

Je veux montrer ce que je ne veux pas voir. Je ne veux pas voir ma vision

Moi j'ai écrasé l'ampoule, dans une vidéo que j'ai appelée Nuance…

Écraser la lumière comme on le ferait d'un serpent…

Marcher sur sa tête pour qu'il ne morde plus…

Qu'a vu Adel pour vouloir écraser la lumière ?

Et en ce moment précis, devant l'ampoule qui luit comme l'œil d'un gros cyclope qu'on voudrait crever ?

En espagnol, « œil » se dit *ojo*. Et cela veut dire aussi : « Prends garde. »

16

Adel est à l'autre bout de la salle. Il dessine, fiévreusement il dessine devant ce tableau en train de se faire et de se défaire sous nos yeux, ce tableau qui n'est pas là, qui est resté à Madrid, mais dont on sent partout la présence, la puissance.

La puissance de ce qu'il montre : une destruction aveugle opérée par un œil, paradoxe total.

La puissance de ce nom, Guernica, que je murmure et qui, plus je le murmure, dépasse le nom de la petite ville basque pour raconter quelque chose de l'ordre du *jamais vu.*

Guernica, qui est encore plus fort dans sa forme basque :

GERNIKA

Et je me mets à le dire de plus en plus fort :

« GERNIKA GUERNICA GERNIKA GUERNICA GERNIKA GUERNICA GERNIKA GUERNICA GERNIKA GUERNICA GERNIKA GUERNICA

GERNIKA GUERNICA GERNIKA GUERNICA GERNIKA GUERNICA GERNIKA GUERNICA GERNIKA… »

Et bientôt je dis et je vois autre chose dans ce nom basque : un mot composite où le français – GUERRE – se mêle au grec ancien – NIKA – et me révèle un sens caché :

GUERNICA

GERNIKA

GUERRE NIKA

LA GUERRE GAGNE

« La guerre gagne », hurle ce tableau.

Je fonce vers Adel et je lui arrache sa mine de charbon des mains. Je le bouscule presque. Il me regarde, amusé, les lèvres noires de vin. Et j'écris sur son cahier :

GUERRE NIKA

LA GUERRE GAGNE

Il déchiffre avec curiosité, et je voudrais qu'il dise quelque chose et l'interroger mais je n'arrive plus à parler. J'ai la tête qui tourne et les jambes qui faiblissent et il me faut, à moi aussi, une lampée de vin. Il faut que ce vin soit trembleur comme une flamme et que ces flammes apaisent ce déluge de feu.

Je ferme les yeux et je vois la tache de sang sur le tableau, et elle grandit, la petite pièce amovible figurant une goutte rouge vif que Bergamín, chargé de suivre la toile où qu'elle aille, devait poser dans l'œil du soldat antique ou sur la poitrine de l'enfant.

Et je remarque, cette fois, ce que je savais pour l'avoir lu je ne sais où, mais là je ne le lis pas je les vois, toutes ces œuvres de souffrance dont *Guernica* est composé, pour finir par contenir toute l'histoire de l'art et de la violence : la *Pietà* du Greco ou celle de Michel-Ange dont l'enfant mort dans les bras de la mère porte le souvenir, la scène de Déluge de l'*Apocalypse de Saint-Sever*, sur laquelle Picasso a lu un article de Georges Bataille et à laquelle il a emprunté son cadavre d'homme allongé bouche ouverte, mais surtout le célèbre *Tres de mayo* que Picasso cite aussi avec cette femme, à droite, qui lève les mains de la même manière que le fusillé en chemise blanche du tableau de Goya.

Un tableau lui aussi éclairé par une lumière aveuglante, une lumière qui rejette dans l'ombre les compagnons morts, déjà, tandis que ceux qui sont encore vivants se cachent les yeux pour ne pas voir. Pour ne pas voir, car *Cela ne peut se regarder, No se puede mirar*, titre de l'une des gravures des *Désastres de la guerre* du même Goya.

« Qu'est-ce qui t'arrive, mon ami ? »

Je parviens à articuler :

« Qu'as-tu vu, Adel, pour écraser la lumière comme on le ferait d'un sale serpent ? »

Au lieu de me répondre, il me montre son dessin. Un œil, l'œil lumineux de *Guernica* tout vibrant d'éclairs d'électricité morbide. Et au-dessus un pied, un pied géant qui va écraser cet œil, comme dans sa vidéo *Nuance.*

« Ce que j'ai vu ? J'ai vu les bourreaux à l'œuvre. Les islamistes tuer. J'ai vu un responsable des études se balancer au bout d'une corde, et quand tu as vu ça c'est difficile, mon ami. Tu as envie de te crever les yeux pour ne plus voir ces choses mais tu préfères dans un élan de survie frapper la lumière qui te les fait voir. C'est de l'autodéfense, plus que de la résilience. »

J'étouffe et je quitte la pièce, la guerre a gagné, la guerre est partout, elle sera bientôt sur nous, elle a gagné, GUERRE NIKA, je redescends, titubant, les marches du grand escalier. Je pense à toutes ces morts, ces mortes, ces douleurs en rafales. Je pense à Dora broyée par leurs étreintes. Qu'a-t-elle fait pour mériter cela, Dora, qu'il avait représentée en sirène antique, mi-femme, mi-oiseau de proie, dans un dessin qui illustrait l'anthologie de l'*Histoire naturelle* de Buffon que lui avait commandé le marchand d'art Ambroise Vollard ? Leur histoire à eux deux était-elle *naturelle* ? Il avait écrit sous le dessin de Dora en sirène, les yeux déjà étoilés par les larmes, les fameuses larmes de Dora-la-femme-qui-pleure : « *Per Dora Maar, tan bufana !* » « Pour Dora Maar, si charmante ! » Mais la Bufana, ou Befana, c'est aussi une sorcière du folklore italien. Charmante, ou charmeuse ? Le charme, dans toutes les histoires, c'est mortel. Qui avait tué qui ?

Il y a trop de morts dans cet hôtel Salé, salé de mort. Je redescends dans le noir et, guidé par la lueur de la lampe d'interrogatoire, je parviens à me traîner jusqu'à notre camp de base et à empoigner la bouteille.

« Au Soleil invaincu qui m'accompagne », dit l'étiquette. Qui l'a déposée là ? Adel, me mentant ? Ou Concepción, rôdant par ici ? Ce rire que j'entends, à qui est-il ?

Une idée, ou plutôt une image, me traverse alors, et j'ignore si je dois m'en réjouir ou m'en inquiéter. Le musée n'est-il pas lui aussi une bouteille, un grand cru de trésors rassemblés pour nous offrir l'ivresse qui nous permettra de sortir de nous-mêmes ? Salle après salle, nous sommes bel et bien en train de tout boire comme deux barbares, dont un Berbère. Mais entre l'œuvre regardée et le regardeur, comme entre l'homme et le vin, qui absorbe l'autre ? Est-ce l'œuvre d'art qui nous réveille quand on la regarde, ou nous qui la réveillons quand nous posons les yeux sur elle ? Qui rend l'autre à la vie ?

Le soleil en bouteille saigne d'un beau liquide grenat. L'argent de mon gobelet le recueille, je bois ce vin, il m'inonde, je vais mieux. Je m'assois sur le bord de l'un des lits de camp. Je m'allonge, l'odeur de la toile est bonne. Elle sent le neuf. Mon sang coule un peu moins vite dans mes membres, mes jambes reposent. Je suis le guerrier allongé de *Guernica*, je veux qu'on me laisse en paix.

17

Je pénètre dans une nouvelle salle du musée, grand corps labyrinthique. Il y a des tableaux de Picasso aux murs, mais ils détonnent avec l'univers de *Guernica*. Ils sont roses, verts, bleus, blonds. Ils représentent des femmes, baigneuses ou dormeuses, respirant le plaisir. Je reconnais *Le Rêve* et sa belle assise aux yeux mi-clos, dont les mains jouent une partition très intime, et dont la joue est un sexe d'homme. Et d'autres toiles dont j'ai oublié les titres mais qui disent, toutes, la rondeur et la fermeté des chairs, le plissé des bouches fraîches, l'extase des siestes et des caresses. J'ai l'impression d'entendre, à travers les toiles, leurs héroïnes soupirer d'aise, tout à leur rêve de plaisir.

La vie est revenue dans le musée. On y est mieux. Les relents de carnage sont loin. Le soleil a dissipé la nuit, et l'on sent dans la vaste pièce monter le parfum estival de jeunes peaux en pleine santé, de chevelures dans la lumière, de blé tout juste moissonné.

« Nudité », avait écrit Adel dans son cahier. On y est.

Et on y est encore plus quand je le vois, assis devant un chevalet, et derrière celui-ci une jeune femme allongée sur une sorte de divan rouge, une cuisse reposant sur l'autre, le buste offert au regard du peintre et au mien par la position de ses bras, les mains placées sous sa nuque. Et cette jeune femme je la reconnais. Elle porte les très grandes créoles d'or qui m'avaient marqué dans le bar-librairie du Marais.

Cette jeune femme, c'est l'Espagnole de la Belle Hortense. Celle qui lit les *Hymnes orphiques*. La sage-femme, servante d'Artémis.

Une sage-femme nue. Étrange image.

Concepción ?

Plus étrange encore, elle n'est pas seule.

De chaque côté du divan se tiennent deux hommes debout affublés d'un masque de taureau en rotin. Celui que Picasso porte sur une photo d'Edgar Quinn, en 1959. Eux aussi je les reconnais, à leur uniforme blanc. Les deux gardiens du musée aux visages cubistes. Ils ont les bras croisés. Ils veillent sur le peintre et son modèle.

Je demeure, interdit, sur le seuil de la salle. Adel se tourne vers moi et me fait signe, son pinceau à la main, d'entrer.

J'avance, j'atteins le chevalet d'Adel et je me rends compte que la toile est vierge. Je lève les yeux sur le modèle. La femme me sourit, se positionne sur le dos et écarte les cuisses. J'ai un mouvement de recul : son sexe est un œil. Un œil qui me fixe de sa pupille noire. Jusqu'à ce que la jeune femme, qui a maintenant le visage de Dora Maar, pose l'index sur le petit globe blanc et, d'une simple pression, le fasse disparaître dans les plis de sa chair.

Je ne peux plus bouger. Je ne peux rien articuler non plus.

« Mon ami, tu t'es trompé sur tout, me lance Adel. Tu t'es trompé sur le peintre et son modèle. Tu t'es trompé sur *Guernica*. »

J'entends alors un cri déchirant.

18

La vision se brise en mille morceaux. J'ouvre les yeux. J'ai la tête comme une enclume mais je parviens à me redresser. Je suis sur mon lit de camp, derrière l'escalier. La lampe d'interrogatoire continue d'éclairer la table et les reliefs de notre repas : des bouteilles vides – on dit « cadavres », je crois –, des tranches de *bellota*, d'un rose foncé comme des morceaux de chair à vif, et des miettes de pain à réjouir un bataillon de moineaux affamés. Le dictaphone est là aussi, il tourne, il enregistre le désordre. Je n'ai pas oublié la phrase : « Tu t'es trompé sur *Guernica*. » Le cri reprend et vrille le silence.

« MON AMIIIIIIIIIIIII ! MON AMIIIIII ! »

C'est Adel. Il hurle. Je m'étonne que les deux vigiles ne soient pas encore intervenus. Mais après tout, « faites comme chez vous », ont-ils dit.

Adel reprend : « MON SEMBLABLE ! MON FRÈRE ! » Ça vient de l'étage. Je me précipite dans l'escalier. J'entends, alors, d'étranges clameurs. Comme une foule qui s'excite. Et de la musique, une fanfare. Qu'est-ce que c'est que ça ? Je traverse les pièces, je passe devant la maquette du pavillon de la République espagnole, très maison californienne, le fameux pavillon qui abrita *Guernica* mais aussi *Le Faucheur* de Miró, *La Montserrat* de González et la *Fontaine de mercure* de Calder, j'avise de grandes photos des citations qui transformaient le bâtiment de Luis Lacasa et Josep Lluís Sert en tract géant pour la cause. Même Cervantès et Don Quichotte avaient été enrôlés : « On doit exposer sa vie pour sa liberté. » Je l'imaginais, le pauvre hidalgo, chevauchant par les chemins de son Espagne en sang, et apercevant soudain sa Dulcinée nue et violée accrochée aux ailes d'un moulin tournant dans le vent mauvais de la guerre civile…

Un dessin de Miró m'appelle : « Il faut aider l'Espagne », lit-on sous un Arlequin rouge brandissant un poing jaune sur un fond bleu.

Pour l'instant, il faut aider Adel.

Je le trouve dans la pièce suivante. Seul. Sans femme nue. Sans pinceau, mais avec sa mine germinale entre le pouce et l'index. Assis sur un banc, presque effondré face à un écran, son verre à ses pieds. Dans son cahier, ouvert sur ses genoux, je distingue des formes noires marchant dans une rue. « La violence, la violence, et Buñuel la montre ! » Je m'assois près de lui.

« Regarde ! Regarde la violence ! *Mondedieu !* »

Je lève les yeux sur l'écran. *Tierra sin pan*, « Terre sans pain », l'unique documentaire de Buñuel. Ou plutôt, comme il le désigne lui-même au générique, un « essai cinématographique de géographie humaine », tourné en 1932 grâce à un anarchiste de Huesca qui avait promis au réalisateur de *L'Âge d'or* de lui payer un film s'il gagnait à la loterie. Ce qui fut fait : l'anarchiste tira les bons numéros et finança le film pour vingt mille pesetas, remboursées rubis sur l'ongle par le cinéaste. Vingt mille pesetas, pour vingt minutes d'enfer sur terre. À tel point que le film fut censuré par le gouvernement espagnol parce qu'il montrait la jeune République sous un jour terrible. L'exposition le présentait pour donner, sans doute, une idée de la pauvreté de cette Espagne qui bientôt s'abîmerait dans la guerre civile.

« Pendant que Picasso fait bombance aux terrasses parisiennes…

— Arrête, dit Adel, tu te trompes sur lui. Et tu te trompes sur *Guernica*… »

Je le dévisage. Il n'a pas quitté l'écran des yeux. Il a les lèvres encore plus noires que tout à l'heure. Comme s'il avait sucé le sang du modèle qui venait de poser pour lui.

« C'est ce que tu disais dans mon rêve.

— Tais-toi, écoute Buñuel. »

On est dans les montagnes de l'Estrémadure, au milieu de masures peuplées de spectres vivants. On voit des petites filles tremper leur pain dans une flaque d'eau pour l'amollir. Une voix off dit : « Le pain a été donné aux fillettes par le maître d'école, qui généralement oblige les enfants à le manger en sa présence, de peur qu'aussitôt qu'ils rentreront chez eux les parents ne le leur enlèvent. »

La caméra filme un âne tout pelé qui se débat dans un nuage d'abeilles. Il a trébuché avec la ruche qu'il portait et l'essaim a fondu sur lui. Le plan montre sa carcasse dévorée par un chien. Une petite fille, maintenant. Allongée au bord de la route, elle doit avoir 5 ans et elle souffre d'une infection à la gorge, dit la voix. Elle sera morte quelques jours après. La scène se passe en Europe, il y a moins de cent ans. Depuis le seuil d'une ruine, une vieille femme ânonne : « Il n'y a rien qui ne tienne mieux en éveil que de penser toujours à la mort. » Est-ce qu'on était aussi dans ce musée pour l'entendre et s'en souvenir ?

« Écoute. C'est maintenant… » dit Adel, fermement.

« *Una extraña y barbara fiesta* », lâche la voix off avec solennité. « Une fête étrange et barbare. » On est dans un autre village, la caméra filme une poignée d'hommes à cheval. Ce sont de jeunes mariés, nous apprend la voix. Devant la population rassemblée, ils attendent un signal. Dans la rue principale, une corde est tendue entre les maisons. Et sur cette corde, un coq, accroché par les pattes. Un coq vivant. Un jeune marié s'élance, il a lâché son cheval au galop. Il tend la main sous le fil, attrape la tête du coq, et l'arrache. La caméra s'attarde sur les ailes du volatile, qui battent dans l'air, impuissantes, et sur le cou sans tête du roi de la basse-cour. Le documentaire parle d'une symbolique sexuelle à propos de ce coq, dont le jeune marié doit s'approprier la puissance…

Adel est pâle, mais sa voix est redevenue tranquille.

« *Una extraña y barbara fiesta*, répète-t-il. C'est une chance que je puisse voir cela aujourd'hui…

— Pourquoi ?

— Buñuel me fait comprendre, par ses images à lui, que j'ai raison de montrer ce que je montre, toute cette souffrance qu'on me reproche de montrer.

— Tes poulets dans les flammes ? Tu ne comprends pas que des gens puissent trouver cela barbare, aussi ? »

Surpris, il me dévisage, son verre dans une main, son morceau de charbon dans l'autre.

« Attention, tu es le scribe, l'herméneute, et ce n'est pas parce que nous sommes un peu en Espagne, cette nuit, que tu dois te changer en inquisiteur… Les temps sont durs pour les artistes, tu sais. Tu veux que je brûle, moi aussi, le Berbère accusé d'être un barbare ?

— Pas inquisiteur, questionneur, juste. Il faut que tu t'expliques mieux, Adel. Si je suis le scribe, tu dois raconter. »

Il soupire. J'insiste.

« Tu vas loin. Il y a des animaux dont tu montres réellement la mort : le poisson de ton film *La Capacité qu'a la main* ? Et cette autre vidéo tournée dans un abattoir, avec le cochon,

la chèvre, la brebis, le faon, la vache et le cheval, assommés à coups de masse ?

— Le titre est *Don't Trust Me*… Ce n'est pas clair ? »

Il a planté ses yeux dans les miens. On y sentait la déception.

« Peut-être pas… Peut-être devrais-tu le dire, une bonne fois pour toutes ?

— *Don't Trust Me.* “Ne me fais pas confiance” ! Est-ce que c'est clair ? Tu m'embêtes un peu quand même, mon ami. Je montre ce que l'on ne veut pas voir, et puis, je pensais que ce que j'avais fait parlait pour moi. »

C'est vrai. Ça aurait dû. Dans les sept films *Happiness in Mitte* (2003), l'artiste nourrit sept chats errants à Berlin. L'animal lape le lait avec l'intensité de celui qui a faim. L'homme donne à l'animal.

Dans *Sept frères* (2006), il lâche en liberté des sangliers dans la rue Lemercier, là où il avait son atelier. Chassés des villes, sauf de leurs égouts, les animaux sauvages y reviennent, y gambadent. Pas dans les conduites souterraines et invisibles de la ville, pas comme des rats, mais à l'air libre, dans les rues où passent les hommes.

Enfin, *Séparation* (2006), la plus folle, peut-être, de ses performances : dans la même rue Lemercier, il s'approche pour enlacer un lion. Le regard du dompteur, au fond de la photo, est liquide d'angoisse. Au moindre faux pas, l'artiste peut prendre un coup de patte mortel.

Autant de plaidoyers poétiques pour une réconciliation de l'homme et de l'animal.

Je repensais aux menaces invisibles mais bien réelles qui avaient plu sur lui. Et j'aurais pu, tant je trouvais l'histoire belle, évoquer *Le Cheval de Turin.*

Le 3 janvier 1889, devant le spectacle d'un pauvre cheval à terre battu au fouet par son maître, le philosophe Nietzsche se jette au cou de l'animal et aux coups violents fait rempart de son corps. Puis il fond en larmes et sombre dans la folie, la célèbre folie de Nietzsche. Adel, qui adorait Nietzsche, avait réécrit l'histoire avec une sculpture. *Le Cheval de Turin*, d'un blanc lisse, au lieu de recevoir les coups de l'homme sans protester, restait debout, se cabrait et ruait, envoyant ses sabots au visage du spectateur.

L'artiste n'avait pourtant, à ce jour, reçu aucune félicitation de la part des défenseurs de la cause animale... S'ils avaient su – ils le sauraient bientôt – qu'il travaillait avec enthousiasme à un opéra, le *Saint François d'Assise* d'Olivier Messiaen, qui chantait la fin de la grande « Séparation »... « Une œuvre pleine de joie en trois actes et huit tableaux, créée pour sublimer la proximité avec le monde animal de ce saint qui parlait aux oiseaux et qui s'était retiré dans une profonde solitude loin de celui des hommes », disait Adel avec enthousiasme, plongé dans les recherches de Messiaen et les fresques de Giotto. Messiaen s'était en effet nourri des écrits de saint François, notamment du magnifique *Laudes Creaturarum*, le Cantique des créatures, mais aussi de ses propres notes d'observation sur les oiseaux et leurs chants prises au cours de ses voyages, de la Grèce au Japon, pour mieux associer à ces merveilleux musiciens les instruments qui leur correspondaient. On entendrait le merle bleu de Delphes, l'oiseau-lyre d'Australie, et le petit rouge-gorge d'Assise... Piccolo, xylophone, glockenspiel... *Laudato sie, mi' Signore, cum tucte le Tue creature – Sois loué, mon Seigneur, pour toutes Tes créatures...*

Oui, elles auraient dû parler pour lui, ces œuvres qu'il appelait simplement ses « images » et qui voyageaient dans le monde entier sans interprète. Pas besoin d'être expliquées pour être comprises. Pas besoin d'être comprises même puisqu'il suffisait qu'elles soient ressenties. Mais une image simple, avait-il rappelé, n'était jamais une simple image. Et quand elles frappent sans haine mais que la haine est partout, scrutant tout, menaçant tout ? Il y avait bien des titres, à ces œuvres, mais les gens les lisaient-ils ? *Printemps* l'avait prouvé. Il faut croire que cela justifiait un peu notre compagnonnage nocturne. Il aimait d'ailleurs tellement les mots des autres...

« Tu sais, reprit-il, moi je n'ai pas les mots à ma disposition. Quand j'étais petit, le verbe ne descendait pas vers moi. J'étais dyslexique... Je n'étais pas bon à l'école. Remarque, ceux qui étaient bons dans ma classe, ils sont presque tous devenus terroristes. »

Il éclata de rire.

« Je dessinais, et c'est comme ça que je me faisais comprendre. Peut-être la faute à ma mère. Elle adorait les films avec Charlot. Elle disait : "Il ne parle pas, mais on comprend. Il nous fait rire, il nous rend tristes. Pas besoin de mots." Chez moi, c'est toujours, d'abord, l'image qui vient. Je tourne autour d'une idée, et l'image surgit, une forme matérielle, instantanée. Le titre c'est après, pour accrocher l'image. Le premier dessin que j'ai fait est un chat qui lape du lait. Et il n'y avait pas de titre. Un enfant ne met pas de titre. C'est par les images que j'ai compris le monde. À Batna, un jour, un cirque est venu. J'ai vu une affiche avec un lion gueule ouverte sur le point de dévorer la tête de son dompteur, et cette image, je m'en souviens encore…

— C'est de cette affiche que vient la performance avec le lion dans *Séparation* ?

— Je crois, oui. Sauf que, moi, je ne voulais pas le dompter mais l'enlacer, mon frère lion. J'ai donc produit une autre image. Oui, c'est par les images que je me fais comprendre. Ou pas… »

Tout ça, les réseaux *asociaux* n'étaient pas allés le voir. Ni l'histoire personnelle qui avait produit ces images, ni le contexte dans lequel elles s'épanouissaient. L'époque, il est vrai, se foutait de l'histoire comme du contexte. Adel était berbère, mais certainement pas barbare. Sa façon d'aller trop loin était une nécessité, et j'admirais ça.

« Tu ne feras pas d'images », disait le Décalogue, et l'islam n'aimait pas beaucoup ça non plus. Adel les faisait quand même. Et comme il était né en Algérie, terre officiellement musulmane, on le traitait d'athée et donc de traître. Ce qui ne l'empêchait pas de rendre coup pour coup et de dire et redire à qui voulait l'entendre, et surtout à qui ne voulait pas : « Je suis né d'une mère musulmane, dans une maison juive et avec des sœurs chrétiennes comme sages-femmes. Ce jour-là, je pense avoir rassemblé les dieux du monothéisme. » Et d'éclater de rire ensuite.

Je me souvenais d'une de ses œuvres les plus fortes et les plus simples : *La Naissance de MohammedKarlpolpot*, écrit comme ça, les trois noms à la suite, sur une feuille de papier déchirée. Totalitarisme et religion, même combat. Il était pourtant bien seul parmi des artistes qui ne prenaient plus beaucoup de risques.

À l'attaque ? C'est lui qui était de plus en plus attaqué.

« Tu sais, j'ai été très mal, a-t-il fini par lâcher. L'art, est-ce qu'on va encore pouvoir en faire ? Est-ce qu'on va pouvoir encore montrer ce que l'époque ne veut plus voir ? Picasso l'avait énoncé, pourtant, au moment de *Guernica*. Tu te souviens, quand il a déclaré que l'art est un instrument de guerre ? Aujourd'hui, le marché de l'art m'effraie. Un artiste "important", c'est un artiste qui vend beaucoup. Il est célèbre par ses records aux enchères, et pas du tout par la substance de son art. On te demande : "Tu es collectionné par qui ?" Et pas : "Que penses-tu ?" »

Il a repris : « Qu'aura-t-on le droit de dire et de montrer demain ? Face à cette censure qui empêche de dire, ou qui décide comment on peut et doit dire ? »

J'ai posé la question désagréable :

« Mais alors, pourquoi les as-tu enlevés, tes poulets qui brûlaient ? Au fond, tu avais atteint ton but. Cette souffrance, même si elle était fictive, révoltait… Tu aurais peut-être dû les laisser ? »

À nouveau, ses yeux noirs se sont fichés dans les miens.

« Tu as sans doute raison… Mais le musée me lâchait. Tout le monde m'avait lâché, en fait. Vient un moment où tu finis par te poser la question du prix qu'on peut payer. Est-ce que j'allais mettre ma famille en danger pour une vidéo ? Je ne sais pas, mon ami, et c'est probablement pour cela que je suis ici aujourd'hui avec toi… »

Il en savait plus que moi.

« Qu'est-ce que tu veux dire ? »

Il a baissé la tête et ouvert son cahier. Écrit deux mots au charbon :

« Le courage »

Ce fut le moment que choisirent nos deux gardiens pour réapparaître, toujours aussi ridiculement vêtus de leur uniforme blanc. Ils tendirent une nouvelle enveloppe noire à Adel avec un sourire entendu, et s'éclipsèrent. Concepción avait le sens du rituel. Ou du théâtre. L'artiste la décacheta, en sortit un bristol noir, et leva les sourcils en en prenant connaissance.

« Cela va plus te parler qu'à moi », me dit-il en me tendant le carton.

Il était couvert de caractères en grec ancien.

ἐλθὼν δὲ ὁ ταῦρος ὡς ἀληθινῇ βοι συνῆλθεν.

« Et ça veut dire quoi ? demanda-t-il.

— Un truc du genre : *Alors le taureau arriva et la monta comme si elle était une vraie vache.*

— Tout un programme…

— La conception du Minotaure. Né d'un taureau et d'une humaine.

— Conception, ou Concepción ? »

Adel me regardait, une lueur maligne dans les yeux :

« C'est quand même pas mal, avouons-le, cette petite nuit muséale… Qu'est-ce qu'on veut nous dire ? Il va falloir aller le voir, ce Minotaure… Il nous reste une dernière salle. Mais d'abord, je crois, une dernière bouteille à boire… »

19

D'abord, la bouteille. Rejoindre le camp de base. Dans le noir, j'avais l'impression d'être un alpiniste luttant contre une paroi invisible. Le silence était total dans le musée. On entendait le vent souffler à l'extérieur. L'escalier sous mes pieds n'en finissait pas. Mon dictaphone serré dans une main, tant garder une trace sonore de cette nuit me paraissait essentiel, je me cramponnais de l'autre à la rampe de fer forgé.

Enfin j'ai aperçu la lumière et les lits de camp.

J'ai gagné le mien, fracassé par ce trop-plein d'images. Les musées sont des lieux dangereux, ils contiennent trop de rêves et de cauchemars. Il fallait reprendre des forces. J'ai mangé un morceau de pain en repensant aux enfants de Buñuel et à leur flaque d'eau. Les scènes du film, les toiles de Picasso et les œuvres d'Adel entraient en collision et me perçaient l'âme comme les buissons de couteaux que l'artiste avait plantés de New York à Paris (*Axe On*, 2007), ou sa barque remplie à ras bord de sacs-poubelle (*Hope*, 2011-

2012), référence moins aux migrants, comme on avait dit, qu'à la conception que beaucoup avaient des migrants.

Adel prit les choses en main. Le liège se sépara du corps de la bouteille dans un *plop* tonique. La Sereine Noire. Un côte-rôtie de 2014. Sur l'étiquette, une aquarelle montrait un barbu assis, verre à la main, sa tête reposant dans le giron d'une femme.

Il devait être 4 heures du matin. Le Minotaure attendrait. D'abord, la bouteille. Il me parla de son enfance. Des petits jouets en métal qu'il fabriquait pour les gamins de Batna, avec des canettes Nestlé et des bouchons de limonade. « Ils m'appelaient “l'artiste”. J'ai appris dans la rue. » Elle était pleine de bruits et d'animaux. « Je me souviens des ânes qui ruaient, des cris des chèvres la nuit, des serpents sur les marchés pour qui on jouait de la musique. Il y avait quelque chose de primitif, d'un monde encore lié à une dimension mythique, avec cette lumière sublime, sèche, intrusive, pesante, vive, celle qui te laisse des cicatrices et brûle tes mots, celle dont parle Camus et qui déclenche, quand elle luit sur le couteau, la mort de l'Arabe dans *L'Étranger*. » La rue, elle n'avait pas de goudron. Elle semblait faite de poussière. Il se souvenait des filles qui y traçaient les lignes de leur marelle. L'été, à Batna, qui était une cuvette entourée de montagnes, la chaleur était accablante. « On sortait jouer à partir de 16 heures, lorsque l'éclat du soleil était moins fort. Et quand il n'y a pas de goudron, tu peux jouer avec des petits cailloux, à même le sol, aux dominos. » Au début, filles et garçons jouaient ensemble. « Puis vint un moment où la fille rejoint la cage. Elle regardera désormais le monde à travers la fenêtre. » Les garçons avaient le droit de rester dans la rue. L'hiver, ils étaient confrontés à la brusque montée des eaux de l'oued provoquée par les pluies d'orage. La poussière se transformait en boue. Parfois, il neigeait. « Dans les deux cas, tu ne peux pas garder tes chaussures propres. Mais on peut s'amuser pieds nus. » Il y avait des chantiers un peu partout, où les gamins récupéraient ce qu'ils pouvaient pour se faire des rollers. Ils revendaient des bouteilles de verre pour quelques sous avec lesquels ils achetaient des billes. À 10 ans, il avait eu mieux que des billes : une télé couleur, la première qu'ait eue sa famille. Grâce à l'un de ses dessins qui avait remporté un concours national. Un paysage de montagnes, et une rivière.

Il me parla de son école et des Égyptiens qui y enseignaient l'arabe, avec leurs grosses mains qui faisaient mal quand ils giflaient. Des coups, aussi, sur les doigts et sur la tête. Ils les surnommaient « les cordonniers ». Sa famille était laborieuse, très modeste, pour ne pas dire pauvre. Son père était flic. Il avait deux frères et deux sœurs. Il y avait des bidonvilles à côté de la maison. Il me parla de son premier professeur d'art : sa grand-mère.

« Elle réalisait des tapis avec de la laine dans des couleurs merveilleuses. Des rouges et des verts jamais vus… Des harmonies indépassables. Peut-être parce qu'elle était daltonienne… » Elle avait un sale caractère, mais il aimait l'aider à préparer ses couleurs au rythme des chants d'oiseaux. « Elle me disait toujours : “Ton maître, c'est la première erreur que tu fais.” » Comment était-il « tombé dans l'art » ? « On y monte plutôt, non ? Je te dis, dans la rue, je dessinais tout le temps. J'avais appris tout seul, vers 4 ans, comme tous les gamins. Aucun membre de ma famille ne dessinait ni ne peignait, aucun ne jouait de la musique ni ne chantait, excepté les femmes, qui faisaient des youyous, tu vois le tableau… Donc j'étais vraiment seul au début. Et en plus je les effrayais !

— À cause de ton rire ?

— Ça allait avec ! Tout ce qui était interdit j'y allais. Vers 14 ans j'avais fait un petit nu féminin, et je l'avais accroché au mur dans ma chambre, et quand quelqu'un de ma famille, un oncle, une cousine, y entrait sans savoir et voyait le nu, il sortait tout de suite et fermait la porte ! Je vois encore leur tête. Pour eux, c'était la chambre où habitait le diable !

— Et ton goût des matières, toi qui aimes tant travailler la polissure du marbre, le coupant du métal, la plasticité de la boue ? Tu devais adorer la pâte à modeler !

— Ah, mais mon ami, c'est au hammam que j'ai eu ma première rencontre avec la pâte à modeler ! »

Et de me raconter le spectacle des corps nus dans le brouillard brûlant, corps qu'il sculptait mentalement, comme de la glaise vivante. « L'école du hammam, c'est là que j'ai appris la sculpture ! Comme tous les petits Algériens ! »

Ils y allaient avec leur mère, leurs tantes, et quand elles ne les emmenaient pas, ils trouvaient tous les prétextes possibles pour y aller tout de même et leurrer, par mille ruses enfantines, la dame postée à l'entrée de ce paradis moite. « Pour nous, c'était mieux que le cinéma. On lui disait que notre mère avait oublié le savon et qu'on le lui apportait, ou que notre tante nous avait demandé de faire des courses et qu'il fallait qu'elle nous donne la liste... » À l'intérieur les petits garçons se déshabillaient, ne gardaient qu'un slip et se rendaient utiles, serviables, apportant l'eau chaude et l'eau froide à la mère, la tante, la voisine, celle qu'ils trouvaient et qui donnerait forme à leurs émotions.

« Et on ne vous disait rien ? »

Il me lança un sourire entendu.

« Pourquoi on nous aurait dit quelque chose ? L'innocence ne ment jamais ! Je suis innocent, je te rappelle. »

Et il rit encore.

« Le problème, c'est qu'à 9 ans c'est terminé. Tu quittes l'école du hammam et jusqu'au mariage, l'alphabet et l'algèbre du corps féminin disparaissent de ta vie.

— La première œuvre d'art que tu as vue ?

— *La Baigneuse* de Rembrandt. J'avais une cousine qui possédait un dictionnaire. Le Larousse illustré. En le feuilletant j'ai vu *La Baigneuse*, et je me suis vu la peindre... »

On ne remerciera jamais assez les dictionnaires.

« Oui, je crois que c'est là que j'ai eu la révélation de ma vocation, si je peux parler comme ça, mais je n'aime pas le mot. Et puis c'est le passé. Le passé n'est pas intéressant. »

Pas d'accord. Et je voulais tout savoir. Comprendre pour faire comprendre. Comprendre une vie, un instinct. Comprendre cette énergie. J'ai appris qu'il avait eu une sorte de mentor. Un peintre nommé Chérif Merzouki, professeur de dessin à la maison de la culture de Batna, et qui était mort à 40 ans dans ses bras. Pas la guerre civile, la maladie. Un peintre, mais aussi un photographe, un musicien, quelqu'un de très engagé dans la langue et la culture chaouies, la culture des Aurès, dont il représentait sur ses toiles les femmes parées de tissus chatoyants et les petits bergers dans les montagnes au clair de lune. Merzouki avait beaucoup milité pour qu'on ouvre une école des beaux-arts à Batna, celle où avait étudié Adel avant de partir, en autocar, pour Alger. « L'apothéose, la vie étudiante, la découverte du goudron et d'une liberté à double tranchant car tu ressens la fragilité de ton existence. »

Les événements lui en feraient la démonstration sanglante. Au cœur même de cette école d'art dont on avait voulu détruire la valeur refuge.

Le chant de la Sereine nous faisait perdre le sens du temps. Peut-être parce que je forçais Adel à le remonter, veillant à ce que la bande de mon dictaphone ne perde pas un atome de cette précieuse anamnèse : la genèse d'un artiste.

Il me parla de l'exil, ou de l'exode, il disait les deux, hors de ce pays qui « cherchait à m'éliminer puisqu'il tuait ses enfants », de la famille qui avait pris soin de lui, à Lyon, quand il avait dû tout quitter, fuyant l'Algérie comme un sans-papiers, mais déjà, selon ses mots, « constitué comme artiste ». Il prononça encore une fois le nom du directeur des Beaux-Arts d'Alger, et de son fils assassiné, étudiant comme lui. Il évoqua aussi la veuve, elle avait lancé une fondation pour que la lumière soit faite sur les assassinats. Elle était proche de la vérité, disait-on. Avant de mourir dans un accident de voiture...

Il me parla de l'antidote à ce trop-plein de souffrance : l'hospitalité à Lyon chez le couple qui l'avait recueilli via un réseau animé par un prêtre, et la rencontre avec Julie, devenue son épouse. Le bar lyonnais où il l'avait vue la première fois, et où il continuerait d'aller avec elle, s'appelait, c'était magnifique, L'Antidote. Le hasard est toujours subjectif.

« L'exil a des sourires qui ouvrent les serrures », commenta-t-il.

Il me parla de la naissance de ses filles, du bonheur que c'était de les entendre dans la maison, ou de les voir traverser son atelier comme des flèches, voler comme des oiseaux, sauter sur ses épaules, gribouiller sur ses œuvres…

Il me parla de la phrase de l'écrivain et journaliste Tahar Djaoût, gravée dans son âme : « Le silence, c'est la mort, et toi, si tu te tais, tu meurs et, si tu parles, tu meurs. Alors dis et meurs ! »

Je l'écoutais avec ferveur, Adel. A, D, E, L… Quatre lettres qui, mélangées comme pour un Scrabble mental, donnaient LAED, comme l'*aède*, l'homme qui, dans les banquets de l'Antiquité, récitait les grands poèmes épiques. L'aède, le maître du récit, celui qui contrôle. Je n'étais que le scribe…

« Tu n'as pas peur de la mort ?

— Je crois qu'elle m'a oublié. »

Ses dernières œuvres étaient rouges. D'une peinture qui ressemblait à du sang coagulé.

Que nous donnerait-il ensuite ?

« L'art m'a permis de ne pas mourir. En retour, par l'art, je veux enlever ce que j'aime à la mort. »

Il me parla du petit garçon du ghetto de Varsovie qui lève les mains devant la violence des adultes, et de Kim Phuc, la fillette vietnamienne de la célèbre photo de Nick Ut, qui court et hurle de douleur, le dos brûlé par le napalm… Les deux enfants, il les avait sortis de la photo qui les avait capturés, et leur avait rendu par une sculpture leur taille réelle, leur volume. Il avait juste modifié la matière de ce corps. Non pas de chair et d'os mais d'ivoire : une matière qui durerait pour l'éternité. « J'essaie de conjurer la deuxième mort, expliqua-t-il, la mort de l'image. Je ne veux pas que la leur se dissolve dans le grand chaudron de Google. C'est mon côté Orphée : je descends dans mon atelier d'enfer et je mets tout en œuvre pour sauver leur image. C'est dit : on ne les oubliera pas. »

Adel l'avait rencontrée, Kim Phuc. Il lui avait présenté son image et elle avait été bouleversée.

Je croyais comprendre pourquoi il faisait cela : en Algérie, une loi, dite de « réconciliation nationale », interdisait de parler de ce qui s'était passé pendant la guerre contre les civils. L'amnésie avait été érigée en principe. Un oubli d'État. L'Espagne, j'y pensais – et je me disais que les fils n'en finissaient pas de se tisser entre les deux guerres, les deux artistes –, avait d'ailleurs eu la sienne en 1977 : la loi dite « d'amnistie ». Un pacte du silence entre les victimes et les bourreaux, une potion narcotique administrée à la louche à tout un pays.

Et comme s'il m'avait entendu (peut-être avais-je parlé tout haut ?) :

« Étrange terre que celle d'Algérie, où l'oubli a parfait l'œuvre de la mort, complété l'assassinat. Étrange terre où les morts et les vivants se croisent mais gardent le silence. Rien que des murmures. Le pays des murmures…

— Même Orphée a échoué contre la mort, ai-je dit pour le consoler.

— Orphée a réussi : même mort, il continue de chanter Eurydice. Elle ne mourra que quand on l'aura oubliée. Et grâce à son art, jamais. »

Il remplit mon verre.

« À toi de chanter !

— *Le Rhin le Rhin est ivre où les vignes se mirent / Tout l'or des nuits tombe en tremblant s'y refléter.*

— C'est encore Apollinaire ? Les blondes qui permettent de résister aux sirènes ?

— Oui, mais c'est encore plus beau : les vignes se mirent dans le Rhin. Elles s'y regardent et elles s'y mettent, rendant le Rhin pompette. Et les étoiles plongent elles aussi… La plus belle description de l'ivresse, non ? On est ivre quand le monde autour de nous commence à agir selon des lois inconnues. »

Sur ce, mon enregistreur tomba dans mon verre.

« C'est toi qui es ivre ! lança gaiement Adel. Il faut qu'on trinque à Apollinaire. Tu savais qu'ils avaient été accusés, Picasso et lui, d'avoir volé la *Joconde* ?

— *Sí señor.* En 1911, et ils n'y étaient pour rien. Oui, trinquons. À Apo ! »

Nos verres se heurtèrent dans un choc argenté.

« À Apo, dit Adel.

— Quand même, avoir un ami espagnol et

mourir de la grippe espagnole… Fallait le faire… Apo poussait l'amitié très loin. Tu crois qu'il y a un lien avec notre nuit ?

— Comment ça ?

— Apollinaire parlait de "cubisme orphique", et la fille, dans ton bar aux livres, lisait les *Hymnes orphiques*… Et moi c'est mon poète préféré…

— Tu es vraiment ivre, mon ami.

— J'ai fait un rêve, Adel.

— Tu m'as dit : il s'y passait quoi ?

— Tu y peignais un modèle nu.

— Je suis content : tu ne censures pas !

— La fille nue c'était la fille du bar aux livres…

— La sage-femme ? Ma parole, elle t'obsède !

— C'est Concepción, j'en suis sûr.

— Peut-être bien…

— Tu sais des choses, Adel…

— Peut-être bien.

— Tu te moques de moi ? »

Il sourit, empoigna son charbon germinal, et m'attaqua.

Je n'eus pas le temps de réagir. Il m'atteignit au torse d'un grand coup qui zébra ma chemise. Il éclata de rire, une cascade de rire. Et continua son œuvre. Ma chemise se couvrit de traits noirs, puis avec sa paume, et son pouce, avec des gestes très précis, il s'attaqua à mon visage, à mon front, à mes joues, à mes yeux auxquels il fit de nouveaux sourcils, à l'arête de mon nez, à la pulpe de mes lèvres. J'étais devenu une surface où il s'exprimait.

Et quand il s'arrêta enfin, il recula d'un pas et lança : « Maintenant tu es prêt pour aller tuer ton Minotaure.

— Ou le tien, Adel ? »

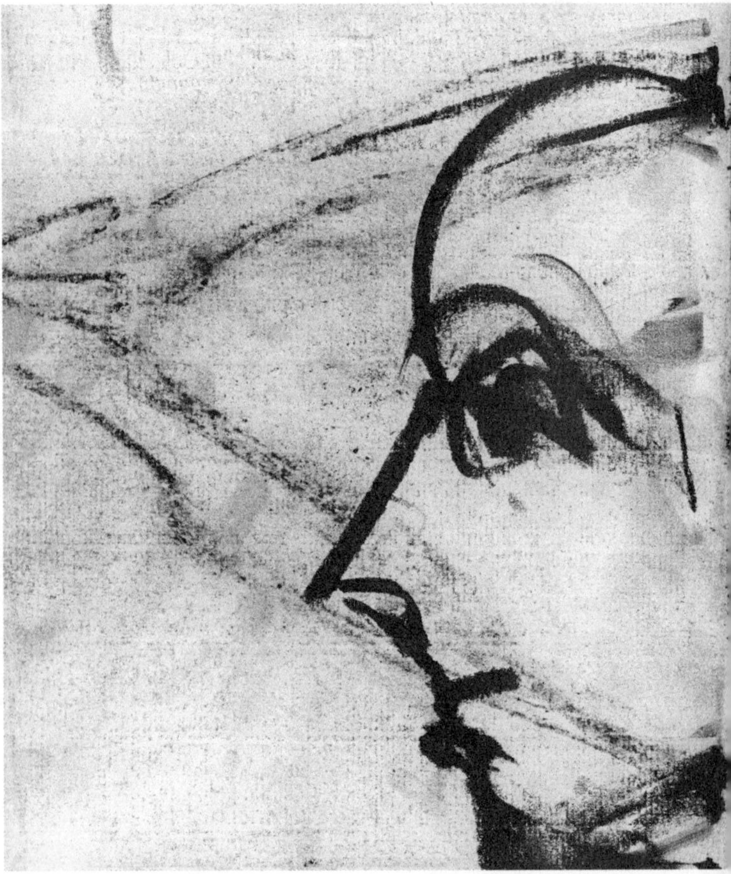

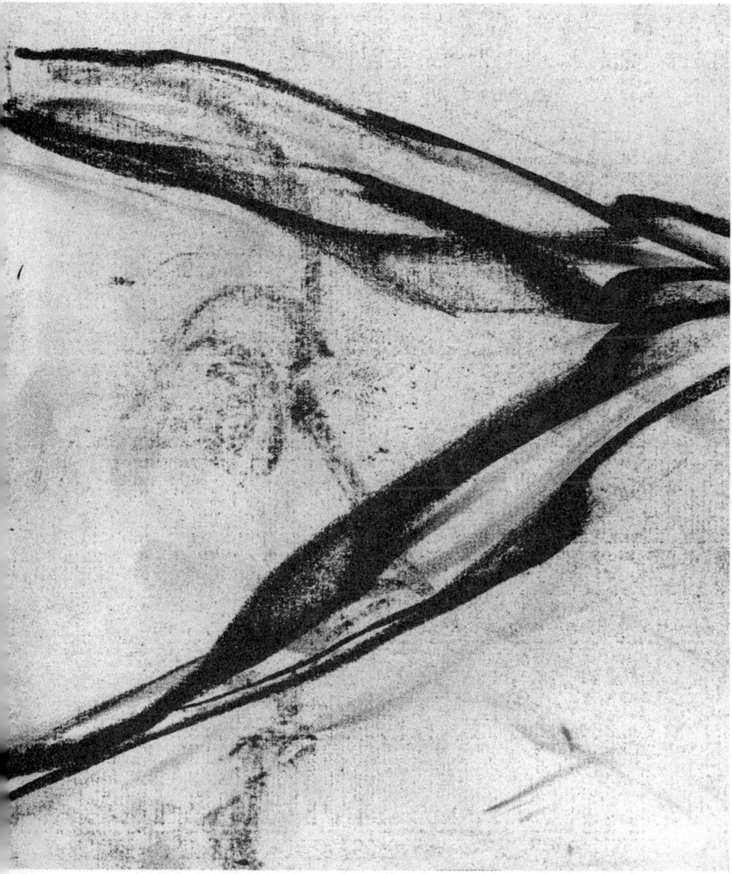

20

« Si on marquait sur une carte tous les itinéraires par où je suis passé et si on les reliait par un trait, cela ferait peut-être un Minotaure. »

Quand Picasso avait-il prononcé cette phrase qui identifiait une vie humaine à une constellation ? Quand avait-il décidé du dessin que, pour lui, formeraient les étoiles ? Un monstre mythologique sur lequel il avait mené une véritable OPA. Ah, il nous l'avait servi, son Minotaure, il l'avait épuisé, essoré, le motif de l'artiste comme être hybride, à la fois homme et animal, avide de chair fraîche mais si solitaire dans la splendeur de son labyrinthe intérieur. Où nul n'était convié à moins de lui faire offrande de sa personne. Et beaucoup l'avaient fait. Dora Maar, par exemple.

Dans cette ultime salle, Adel parlait tout seul. « Une œuvre, on la regarde debout… Il faut l'affronter. Elle a un orgueil qui nécessite le face-à-face. Jamais assis. Ni à genoux. On n'est pas dans la religion, où l'on se prosterne. L'œuvre d'art est la seule chose qui peut sauver l'âme, celle de la victime comme celle du bourreau. Mais debout, debout. On affronte. »

Dans son costume bleu électrique et ses sandales de gladiateur, il défiait la mort, *La Mort de la femme torero*, pleine à en exploser de couleurs de chair, de pelage noir et de soie verte.

Je voyais sa main tracer des formes sur son cahier. Rien d'autre ne comptait que dessiner, dessiner ses propres constellations avant que l'aube n'advienne.

Par les fenêtres du musée, on devinait en effet, malgré les volets, les stores, et tout l'appareillage destiné à protéger du temps tous ces trésors, la lumière qui changeait.

Je tournais sur moi-même comme un derviche : pastels, peintures, aquatintes au burin et à la pointe sèche, il y en avait partout, des minotaures. Une bacchanale de cornes, de bouches humides et d'épées. Taureaux, hommes, femmes, tout se confondait dans une corrida mythologique, sublime et pathétique. Il y en avait partout. La grosse tête noire défonçait tout sur son passage, lancée vers des femmes lourdes d'un sommeil qu'il avait bien l'intention de saccager.

« Regarde bien, mon ami, c'est magnifique ! Je viens de comprendre ! La raison de notre nuit ici ! Regarde bien, ce n'est pas le Minotaure qui est important, ce n'est pas lui qui compte ! » Adel criait presque, mais ne se retournait pas. Je ne voyais que ses épaules légèrement penchées sur son ouvrage, agitées par les mouvements de sa main sur le papier.

« Qu'est-ce qui compte, alors ?

— Qu'est-ce qui *conte.* Avec un "n". Regarde et trouve ce qui *CONTE* car il te faudra l'écrire. À toi, maintenant : à l'attaque ! Entre dans le labyrinthe ! »

Il se retourna enfin. Son œil brillait d'un éclat mat.

« C'est dans cette pièce ?

— C'est dans cette pièce, répondit-il, et c'est dans *Guernica.* La clef est là. Ce qu'elle voulait qu'on voie, Concepción ! Ça crève les yeux, mon ami ! Ah, que je suis heureux ! »

Il était excité comme un enfant. Et je n'avais pas de peine à l'imaginer, gamin, s'émerveillant des bruits de la rue à Batna, et sculptant ses petits bolides en canettes pour ses copains.

Aux murs, les minotaures cavalcadaient à m'étourdir. L'un d'eux brandissait une lance, furieux, un autre broyait un cheval, lui ouvrant les entrailles. Vainqueur ? Non, le Minotaure n'était pas toujours vainqueur : en costume d'Arlequin, il était porté, mourant, ou déjà mort, par un homme à tête d'aigle. Sur un simple dessin, il mourait poignardé, à genoux, la tête en bas, le cul en l'air. « Bon à tirer », avait écrit l'artiste. Qu'on y lise ce qu'on voulait. Le tueur était nu, glabre, et derrière le *callejón*, ces barrières de bois qui bordent l'arène, les mains du public, excitées par le sang, voulaient toucher la bête. Picasso avait fait de la scène secrète – Thésée tuant le monstre dans l'obscurité du labyrinthe – un spectacle public, presque pornographique.

« Seul l'œil du taureau qui meurt dans l'arène voit », avait dit aussi Picasso. On savait qu'il avait lu Georges Bataille, l'amant de Dora, et son texte sur le culte de Mithra, ce dieu antique à bonnet phrygien qu'on célébrait en se faisant arroser par le sang d'un taureau égorgé au soleil, debout sous une grille où la bête se vidait de sa vie.

De quand date le premier Minotaure de Picasso ? De 1928. Et il n'a pas de corps. C'est une tête qui court sur des jambes immenses. Où court-il ? Vers la jouissance et la mort ? Je cherchais. Trop facile, trop facile de ne voir dans cette figure qu'Éros baisant avec Thanatos. Ou un simple autoportrait de l'artiste en jouisseur animal chargeant et déchargeant. Comme sur ce dessin de la « suite Vollard », exposé dans le musée, et où on le voyait, parfaitement ridicule, affalé avec un homme barbu et deux femmes après l'orgie, levant une coupe de champagne.

Le Minotaure était devenu ridicule, kitsch. Comme le labyrinthe était devenu kitsch. Quoi ? L'artiste cherchant sa voie dans le dédale des possibilités créatives ? L'image était usée.

« Le Minotaure est un leurre, lança Adel. Regarde ailleurs ! »

Il avait sans doute raison. L'histoire du Minotaure, dès l'Antiquité, était une histoire de tromperie. Le dieu Poséidon, furieux que le roi Minos ne lui ait pas sacrifié le taureau qu'il lui avait promis, envoûte sa femme, la reine Pasiphaé, pour qu'elle tombe amoureuse de l'animal. Afin de s'unir à lui, elle se fait construire par Dédale un habitacle en forme de vache, couvert d'une peau pour faire illusion, et se glisse à l'intérieur. Puis c'est le taureau qui s'y glisse…

Oui, une suite de tromperies : un homme qui n'a pas tenu parole devant les dieux perd sa femme le temps d'un accouplement monstrueux avec un autre, qui croit lui-même qu'elle est une autre…

ἐλθὼν δὲ ὁ ταῦρος ὡς ἀληθινῇ βοΐ συνῆλθεν.

Alors le taureau arriva et la monta comme si elle était une vraie vache.

Je cherchais encore. Il y avait cet autre dessin, auquel peut-être je n'avais pas assez prêté attention. Même pas un dessin, d'ailleurs, une simple esquisse au crayon ; avec le Minotaure, encore, mais debout cette fois, marchant le long d'un rivage, où un voilier venait de le déposer, son immense tête dirigée vers le soleil, gueule ouverte, tenant dans la main droite une canne d'aveugle et posant l'autre main sur la tête d'une enfant qui le guidait. Une variation sur Œdipe, qui se crève les yeux parce qu'il a vu la vérité ?

« Es-tu sûr qu'il se les est crevés ? objecta Adel.

Je dirais, moi, qu'il vient de sortir de son labyrinthe, et qu'il est heureux de toute cette lumière qu'il reçoit en plein visage, grâce à cette petite fille. Et là, tu ne la vois pas, la lumière ? Le feu ? »

Il ne riait plus. Il souriait, et c'était mieux qu'un rire. Il semblait calme, la bouche noire mouillée d'alcool désormais séché, une bouille d'enfant qui aurait mangé trop de cerises. Il me désignait un autre tableau, *Minotauromachie.* 1935. Deux ans avant *Guernica.* Eau-forte, grattoir et burin sur cuivre. Les mêmes éléments que dans le dessin et quelques-uns en plus. Le Minotaure et sa grosse tête, marchant vers le cheval et la femme torero tous seins dehors, on commence à la connaître, et puis la petite fille, celle du dessin œdipien, mais cette fois brandissant une bougie extrêmement lumineuse. Et derrière, une échelle gravie par un homme qui regarde le Minotaure comme s'il lui disait « viens, mon gars, c'est par là ».

« Et là encore ! En juillet 1934. »

Un taureau monstrueux, percé d'une épée, le mufle plongé dans le ventre d'un cheval dont il arrachait les viscères. Et à gauche, une silhouette féminine, opposant à l'horreur une simple bougie, encore, à la petite flamme courbée mais vaillante, et dont la lumière dessine un disque ou une spirale… « *Femme à la bougie, combat entre le taureau et le cheval*, précise Adel. Tu comprends, maintenant, que ce n'est pas le Minotaure, ni même le taureau qui compte, dit Adel. Moi je l'ai compris ce soir, et *mondedieu* ce que ça fait du bien. C'est comme si ça validait tout ce que j'ai fait. L'ampoule écrasée. Les burqas qu'on enlève. On s'en fiche du Minotaure. C'est la lumière qui compte, la lumière brandie dans l'obscurité. Qui éclaire la nuit, qui redonne la flamme. »

Adel regarda par la fenêtre. Dehors, l'obscurité se dissipait.

« La lumière, d'ailleurs, nous fait signe. Il est temps de sortir.

— Et le rapport avec *Guernica* ? »

Il m'a pris par le bras et m'a guidé, accélérant le pas, jusqu'à la salle où les photos de Dora continuaient de défiler, dévoilant l'accouchement de *Guernica*, sa mise au monde.

Adel me montra, au centre, la grosse tête qui sortait par la fenêtre et qui brandissait, énergique et décidée, contre l'ampoule tueuse aux zigzags incendiaires, la simple flamme d'une lampe à huile.

On en parlait si peu, de cette petite flamme. Il n'y en avait que pour le taureau stoïque, le cheval agonisant, l'ampoule-œil, le guerrier mort et les femmes hurlant de douleur, l'enfant sans vie… Je regardai cette drôle de figure et son flambeau dressé face à la colossale lumière de mort qui éclaboussait la scène. Une toute petite flamme, allumée par un être humain grâce à l'huile des oliviers immémoriaux et pas par une vulgaire impulsion électrique. Une simple mèche qui redonnait de la chaleur. Pour que nous nous tenions debout face à l'obscurité. Pour que nous y voyions plus clair.

Je comprenais tout. Enfin.

Face à la mort lumineuse, Picasso avait décidé de brandir une autre lumière, plus humaine, pour la contrer.

Guernica n'était pas une « lettre de deuil ». Ce n'était pas l'affirmation que tout ce que nous aimons allait mourir mais que tout ce que nous aimons pouvait mourir, et qu'il fallait se battre pour que ça ne meure pas.

Guernica c'était la guerre à la guerre.

Guernica disait : Non, la guerre n'a pas gagné.

GUERNICA n'était pas GUERRE NIKA.

D'ailleurs, je le remarquai aussi : il y avait une porte ouverte tout à droite, derrière la maison en flammes. Il y avait une issue.

J'étais sonné, conquis.

Guernica n'était pas une toile mais un talisman. Voilà pourquoi elle pouvait briller même par son absence, indiquant la voie de la guerre à la guerre, de la guerre aux sirènes tueuses d'enfants, de la guerre à tous ceux qui voulaient que l'humanisme crève et que les rébellions se soumettent dans des fleuves de sang, guerre d'Espagne ou d'Algérie, guerres passées, antiques comme le guerrier allongé du tableau, ou guerres à venir sous l'affreux soleil de cette ampoule technologiquement tueuse qui déjà, en 1937, annonçait le « CLIC ! », comme Adel l'avait appelé, d'Hiroshima. *Guernica* indiquait la voie de la lumière qui si souvent désertait les hommes devenus trous noirs à l'ombre des fascismes, la lumière humaine qui en éclairant Picasso l'avait métamorphosé, de jouisseur pathétique en artiste à l'attaque, grâce à Dora.

Et c'est d'ailleurs une femme qui tenait la lampe, comme j'allais le vérifier bientôt.

« Ces derniers mois ont été très durs, reprit Adel. Les artistes sont attaqués, de plus en plus attaqués. On ne peut plus rien dire. On veut nous soumettre. Mais tu vois, nous avons *Guernica.* Un artiste ne peut pas éviter les conflits avec la société. Elle doit respecter ça. Un artiste n'est pas obéissant. C'est un messager du minimum. Quand tout le reste est menacé de mort. Un minimum qui peut changer la vie de celle ou celui qui regarde son œuvre. On doit retrouver ce romantisme-là. Montrer le chemin, éclairer. Braquer la lampe, la vieille lampe de l'art. L'art doit être beaucoup plus déterminé qu'il ne l'est. C'est ce que Picasso nous dit avec *Guernica.* Picasso s'est sauvé lui-même avec *Guernica*, et Picasso nous sauve aujourd'hui encore avec *Guernica.* »

Il ne riait plus. Il souriait. Et ce n'était pas un *sous-rire*.

« Je me battrai artiste, je danserai artiste, je serai redoutable en tant qu'artiste, je serai à l'attaque jusqu'au bout, reprit-il. À l'attaque de l'attaque. »

21

L'aube serait là d'un moment à l'autre. Il était temps de quitter le musée si nous voulions respecter les consignes de Concepción.

Je suis sorti de la pièce. Et me suis retrouvé face à un grand cadre que je n'avais pas remarqué.

Certainement parce qu'il n'était pas là. Il mettait en valeur une bien étrange gravure. Dessous, un cartel écrit à la main, en blanc, sur un carton noir. La signature de Concepción. On lisait : « *Hans Baldung Grien,* Le Palefrenier ensorcelé, *1544. Vu, dixit Werner Spies, par Picasso dans le catalogue de l'exposition "Fantastic Art, Dada, Surrealism" qui s'est tenue au MoMA, à New York, de décembre 1936 à janvier 1937, et dans laquelle Picasso lui-même exposait huit œuvres parmi d'autres artistes dont Bosch, Dürer, Arcimboldo.* »

Cette gravure, venue de la Renaissance, représentait un homme allongé de tout son long, comme le guerrier mort de *Guernica.* Au fond, tournant sa tête vers le spectateur, un cheval franchissait le seuil d'une porte. On ne savait pas, comme dans *Guernica*, si l'on était dans une scène intérieure ou extérieure. Ce cheval avait le même air stoïque que le taureau de Picasso. À droite, et là mon cœur se mit à battre plus vite, une femme surgissait, dont on ne voyait que le visage et le buste, un sein nu jaillissant de son corsage. Ce qui était vertigineux, c'est qu'elle tenait une torche. Elle la brandissait, comme dans *Guernica*. La coïncidence était troublante. Ou plutôt, elle ne l'était pas. Car cette femme, c'était celle que Picasso avait représentée dans son tableau. Non seulement il y avait dans *Guernica* une pietà du Greco, le *Tres de mayo* de Goya, une scène du Déluge prise d'un manuscrit enluminé, mais il y avait cette femme et sa flamme venue de la Renaissance. Et je n'avais pas besoin de retourner dans la salle où le tableau continuait de naître sous l'objectif de Dora Maar, et continuerait de naître demain pour les visiteurs du musée, pour être sûr que sous le grand visage il y avait une poitrine de femme, exactement comme dans la gravure.

Cette femme et cette lumière, Picasso les avait volées à Hans Baldung Grien.

Picasso avait volé le feu.

Loin de moi l'idée de l'en blâmer. Un artiste est fait des artistes qui le précèdent, et le plus grand des voleurs de feu s'appelait Prométhée. Ce feu, il l'avait donné aux hommes.

Je regagnai le camp de base. Pour constater, stupéfié, qu'Adel était en train de dessiner, à grands coups de Germinal, mais cette fois sur les murs du musée.

« Qu'est-ce que tu fais ?

— Mon cahier est terminé », répondit-il tranquillement.

Debout, sur la pointe des pieds, à la façon des anciens chamans de Lascaux ou de Tassili du Hoggar, dans le désert de ses ancêtres, il faisait surgir de la paroi des formes d'animaux. Il y en avait partout et je me suis dit que les conservateurs, en voyant cela, allaient s'arracher les cheveux. Il y en avait partout. Des chats. Des chats qui dormaient, en boule, tout pelotonnés, rassemblés sur eux-mêmes dans une grande douceur.

J'ai pensé à Baudelaire, et à ses images qui frappent sans haine :

Ils prennent en songeant les nobles attitudes
Des grands sphinx allongés au fond des solitudes,
Qui semblent s'endormir dans un rêve sans fin.

J'ai pensé à Léonard de Vinci qui dessinait aussi des chats. Pourquoi des chats ? Enfant, Adel avait commencé par un chat… Mais je ne voulais plus l'interroger car je n'avais plus besoin de réponses. Il créait. Il créait fiévreusement et naturellement, et le but de cette nuit muséale devait être cette chose si simple et si nécessaire : un homme se dresse et trace la forme du vivant sur une paroi inerte qui alors s'anime, s'allume.

Oui, je crois qu'il s'agissait de cela. Adel avait été remis en marche.

Il m'aurait fallu Concepción Perez dans ses murs pour en avoir la pleine certitude. Sur ce lit, encore mieux. Nudité… Comment était-elle ?

Lorsque mes doigts caressent à loisir
Ta tête et ton dos élastique,
Et que ma main s'enivre du plaisir
De palper ton corps électrique,
Je vois ma femme en esprit.

Baudelaire encore : *Le Chat…*

Un chat qui dort ? Je devais avoir encore des questions, finalement.

« Il ne dort pas, dit Adel. Il veille. »

J'ai jeté un regard sur notre camp de base. La lampe électrique clignotait, la lueur de l'ampoule jouant à travers le verre des flacons vides, caressant les courbes de nos gobelets d'argent, glissant sur la table, et atteignant enfin le mur où elle révélait, du sol jusqu'au plafond, non seulement des chats, mais des chiens, des pigeons et des hiboux au charbon noir, une impressionnante fresque, un impressionnant bestiaire, vivant et frémissant de plumes et de pelages. Un zoo de charbon, une arche de Noé. Un défilé de vie.

Il signa de son nom.

ADEL ABDESSEMED.

Puis se tourna vers la table, empoigna la lampe de bureau et la jeta par terre, avant de la piétiner.

Ce fut le noir.

Puis la lumière.

Les vigiles avaient surgi, précédés par des rayons qui balayaient, zébraient tout, des angelots du plafond aux damiers du sol, du lustre de Diego Giacometti à nos visages éblouis. De la lumière plein la figure.

On allait finir au sol, écrasés par des bottes, les mains dans le dos, liées.

Mais tranquillement Adel se dirigea vers eux.

« Je suis innocent, dit-il. Je suis innocent.

— Suivez-nous », lança l'un des hommes.

On ne voyait pas leur visage.

Nous étions dans un jardin. Je ne savais plus ce que je vivais et ce que je ne vivais pas. Le sol tanguait. J'entendais des cris de mouettes.

« C'est l'aube, mon ami, dit l'artiste. C'est l'aube et les oiseaux chantent.

— Ce sont des mouettes, Adel. Et elles ne chantent pas, elles crient…

— Les chants sont parfois des cris. Qu'importe, elles sont heureuses et libres. Comme nous. Et elles nous disent qu'il faut partir. À bientôt, mon ami. »

Il me prit dans ses bras. La nuit n'était plus là. Je le vis disparaître au fond du jardin dans son costume bleu et ses sandales de Romain, en route pour l'atelier où il allait faire naître des images qui continueraient de marquer les esprits.

Il se retourna une dernière fois et me cria :

« Je suis innocent, n'oublie pas, je suis innocent. »

J'entendis son rire et je le vis s'enflammer.

Ou c'est ce qu'il me sembla.

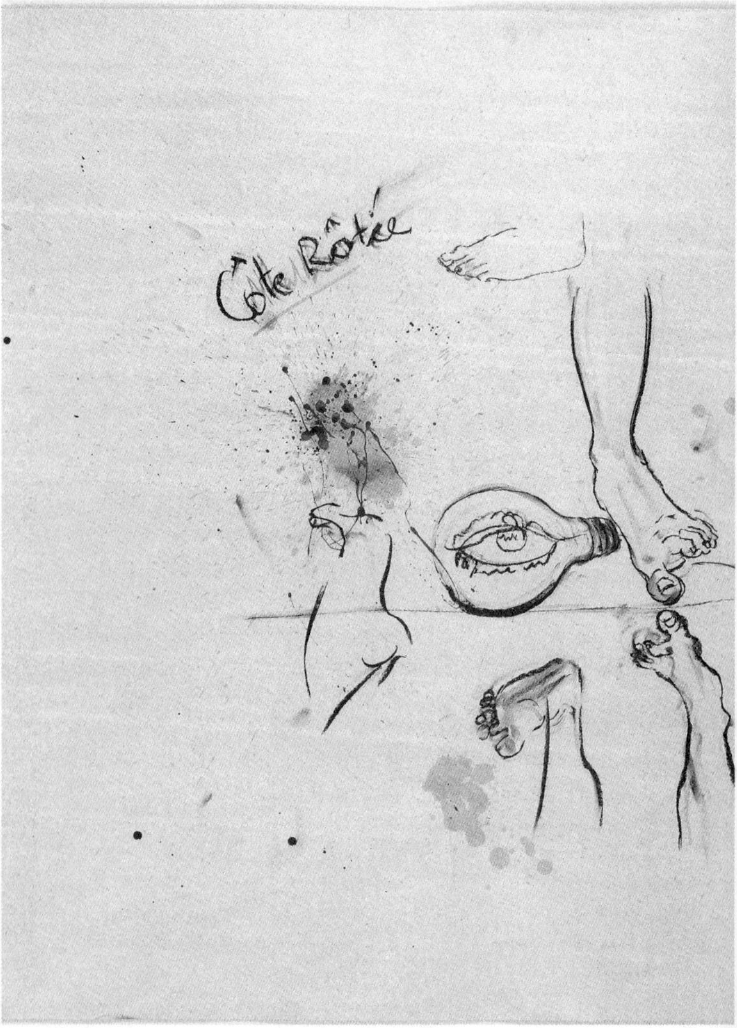
Côte Rôtie

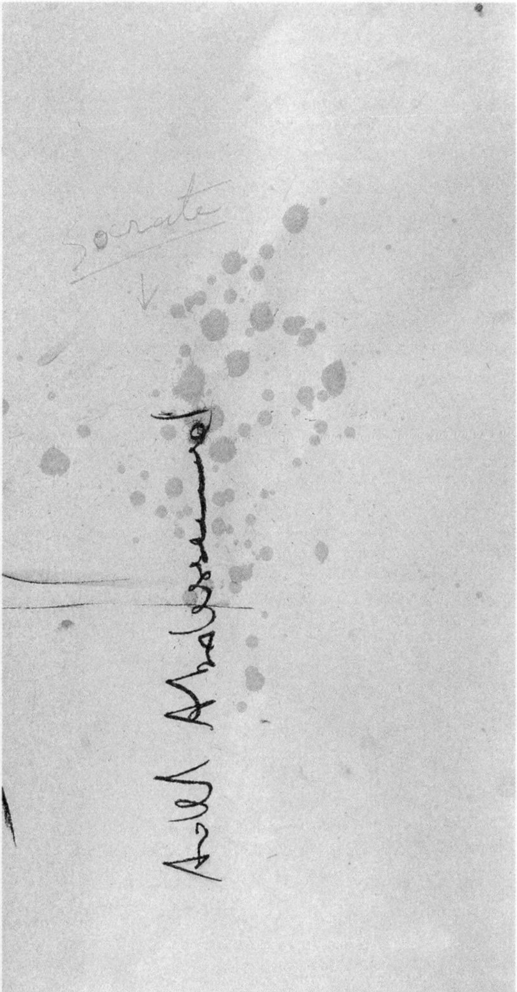

Politics of drawing, 2019
Adel Abdessemed

REMERCIEMENTS

Les auteurs remercient le directeur du musée Picasso, Laurent Le Bon, d'avoir accepté avec une confiance qu'ils ne méritaient pas, mais qui l'honore jusqu'à la nuit (espagnole) des temps, non pas seulement UN hôte dans son musée mais DEUX, multipliant les risques d'autant.

Ils le remercient aussi d'avoir gardé son calme en découvrant qu'Adel avait dessiné sur les murs, et d'avoir, en plus de son calme, conservé le dessin sur le mur, mettant son amour de l'art au-dessus de son amour de l'ordre.

Manuel Carcassonne, directeur des éditions Stock, mérite aussi notre gratitude pour avoir observé avec bienveillance – malgré son inquiétude croissante – la mise en texte de notre *paso doble* picassien. A-t-il vraiment cru que nous allions garder cette nuit pour nous deux ?

Que les gardiens de l'hôtel Salé et ses fantômes stimulants (sphinges, minotaures, hiboux et femmes qui pleurent) soient eux aussi remerciés pour leur patience et leur art de l'invisibilité, ainsi que toute l'équipe du musée Picasso, dont Émilia Philippot, directrice des collections, et Émilie Bouvard, commissaire de l'exposition « Guernica », pour leur vigilance.

Pour sa rigueur bienveillante, merci, aussi, à Marie-Françoise Leclère.

Les auteurs n'auraient rien fait, enfin (et même en premier !), sans celles qui ont provoqué et donné leur bénédiction à ce voyage muséal et nocturne en sachant que les voyageurs n'en reviendraient pas forcément sains et saufs (est-ce d'ailleurs le cas ?) : Julie et Alina. Qu'elles soient toutes les deux saluées, avec amour et admiration.

À l'attaque !

MuséePicassoParis

DES MÊMES AUTEURS

Aux Éditions Stock

NUIT ESPAGNOLE, 2019 (Folio nº 6977).

ADEL ABDESSEMED

Aux Éditions Actes Sud

ENTRETIEN AVEC PIER LUIGI TAZZI, 2012.
LA PEAU DU CHAOS. CORRESPONDANCE, avec Adonis, 2015.

Aux Éditions Galilée

AYAÏ!. LE CRI DE LA LITTÉRATURE, avec Hélène Cixous, 2013.

Aux Éditions Dilecta

ADEL ABDESSEMED. DESSINS, 2015.

Aux Éditions Macula

CHARBON, 2017.

CHRISTOPHE ONO-DIT-BIOT

Aux Éditions Gallimard

PLONGER, 2013 (Folio n° 5885, 2015). Grand Prix de l'Académie française, prix Renaudot des lycéens.
CROIRE AU MERVEILLEUX, 2017 (Folio nº 6576, 2019). Prix Récamier du roman et prix littéraire des Rotary Clubs de langue française.

Aux Éditions Plon

DÉSAGRÉGÉ(E), Plon, 2000 (Pocket, 2003). Prix La Rochefoucauld.

INTERDIT À TOUTE FEMME OU FEMELLE, Plon, 2002 (Pocket, 2004).

GÉNÉRATION SPONTANÉE, Plon, 2004 (Pocket, 2005). Prix de la Vocation.

BIRMANE, Plon, 2007 (Pocket, 2008). Prix Interallié.

Aux Éditions Flammarion

CIELS D'ORAGE, avec Enki Bilal, 2011.

Aux Éditions de l'Observatoire

LA MINUTE ANTIQUE. QUAND LES GRECS ET LES ROMAINS NOUS RACONTENT NOTRE ÉPOQUE, 2019 (Éditions Pluriel, 2020).

COLLECTION FOLIO

Dernières parutions

6551. Tchouang-tseu	*Joie suprême et autres textes*
6552. Sawako Ariyoshi	*Les dames de Kimoto*
6553. Salim Bachi	*Dieu, Allah, moi et les autres*
6554. Italo Calvino	*La route de San Giovanni*
6555. Italo Calvino	*Leçons américaines*
6556. Denis Diderot	*Histoire de Mme de La Pommeraye* précédé de l'essai *Sur les femmes.*
6557. Amandine Dhée	*La femme brouillon*
6558. Pierre Jourde	*Winter is coming*
6559. Philippe Le Guillou	*Novembre*
6560. François Mitterrand	*Lettres à Anne. 1962-1995. Choix*
6561. Pénélope Bagieu	*Culottées Livre I – Partie 1. Des femmes qui ne font que ce qu'elles veulent*
6562. Pénélope Bagieu	*Culottées Livre I – Partie 2. Des femmes qui ne font que ce qu'elles veulent*
6563. Jean Giono	*Refus d'obéissance*
6564. Ivan Tourguéniev	*Les Eaux tranquilles*
6565. Victor Hugo	*William Shakespeare*
6566. Collectif	*Déclaration universelle des droits de l'homme*
6567. Collectif	*Bonne année ! 10 réveillons littéraires*
6568. Pierre Adrian	*Des âmes simples*
6569. Muriel Barbery	*La vie des elfes*
6570. Camille Laurens	*La petite danseuse de quatorze ans*
6571. Erri De Luca	*La nature exposée*

6572. Elena Ferrante — *L'enfant perdue. L'amie prodigieuse IV*
6573. René Frégni — *Les vivants au prix des morts*
6574. Karl Ove Knausgaard — *Aux confins du monde. Mon combat IV*
6575. Nina Leger — *Mise en pièces*
6576. Christophe Ono-dit-Biot — *Croire au merveilleux*
6577. Graham Swift — *Le dimanche des mères*
6578. Sophie Van der Linden — *De terre et de mer*
6579. Honoré de Balzac — *La Vendetta*
6580. Antoine Bello — *Manikin 100*
6581. Ian McEwan — *Mon roman pourpre aux pages parfumées* et autres nouvelles
6582. Irène Némirovsky — *Film parlé*
6583. Jean-Baptiste Andrea — *Ma reine*
6584. Mikhaïl Boulgakov — *Le Maître et Marguerite*
6585. Georges Bernanos — *Sous le soleil de Satan*
6586. Stefan Zweig — *Nouvelle du jeu d'échecs*
6587. Fédor Dostoïevski — *Le Joueur*
6588. Alexandre Pouchkine — *La Dame de pique*
6589. Edgar Allan Poe — *Le Joueur d'échecs de Maelzel*
6590. Jules Barbey d'Aurevilly — *Le Dessous de cartes d'une partie de whist*
6592. Antoine Bello — *L'homme qui s'envola*
6593. François-Henri Désérable — *Un certain M. Piekielny*
6594. Dario Franceschini — *Ailleurs*
6595. Pascal Quignard — *Dans ce jardin qu'on aimait*
6596. Meir Shalev — *Un fusil, une vache, un arbre et une femme*
6597. Sylvain Tesson — *Sur les chemins noirs*
6598. Frédéric Verger — *Les rêveuses*
6599. John Edgar Wideman — *Écrire pour sauver une vie. Le dossier Louis Till*
6600. John Edgar Wideman — *La trilogie de Homewood*
6601. Yannick Haenel — *Tiens ferme ta couronne*
6602. Aristophane — *L'Assemblée des femmes*
6603. Denis Diderot — *Regrets sur ma vieille robe de chambre*

6604.	Edgar Allan Poe	*Eureka*
6605.	François de La Mothe Le Vayer	*De la liberté et de la servitude*
6606.	Salvatore Basile	*Petits miracles au bureau des objets trouvés*
6607.	Fabrice Caro	*Figurec*
6608.	Olivier Chantraine	*Un élément perturbateur*
6610.	Roy Jacobsen	*Les invisibles*
6611.	Ian McEwan	*Dans une coque de noix*
6612.	Claire Messud	*La fille qui brûle*
6613.	Jean d'Ormesson	*Je dirai malgré tout que cette vie fut belle*
6614.	Orhan Pamuk	*Cette chose étrange en moi*
6615.	Philippe Sollers	*Centre*
6616.	Honoré de Balzac	*Gobseck* et autres récits d'argent
6618.	Chimamanda Ngozi Adichie	*Le tremblement* précédé de *Lundi de la semaine dernière*
6619.	Elsa Triolet	*Le destin personnel* suivi de *La belle épicière*
6620.	Brillat-Savarin	*Dis-moi ce que tu manges, je te dirai ce que tu es*
6621.	Lucrèce	*L'esprit et l'âme se tiennent étroitement unis. De la nature, Livre III*
6622.	La mère du révérend Jôjin	*Un malheur absolu*
6623.	Ron Rash	*Un pied au paradis*
6624.	David Fauquemberg	*Bluff*
6625.	Cédric Gras	*La mer des Cosmonautes*
6626.	Paolo Rumiz	*Le phare, voyage immobile*
6627.	Sebastian Barry	*Des jours sans fin*
6628.	Olivier Bourdeaut	*Pactum salis*
6629.	Collectif	*À la table des diplomates. L'histoire de France racontée à travers ses grands repas. 1520-2015*

6630. Anna Hope — *La salle de bal*
6631. Violaine Huisman — *Fugitive parce que reine*
6632. Paulette Jiles — *Des nouvelles du monde*
6633. Sayaka Murata — *La fille de la supérette*
6634. Hannah Tinti — *Les douze balles dans la peau de Samuel Hawley*
6635. Marc Dugain — *Ils vont tuer Robert Kennedy*
6636. Collectif — *Voyageurs de la Renaissance. Léon l'Africain, Christophe Colomb, Jean de Léry et les autres*
6637. François-René de Chateaubriand — *Voyage en Amérique*
6638. Christelle Dabos — *La Passe-miroir, Livre III. La mémoire de Babel*
6639. Jean-Paul Didierlaurent — *La fissure*
6640. David Foenkinos — *Vers la beauté*
6641. Christophe Honoré — *Ton père*
6642. Alexis Jenni — *La conquête des îles de la Terre Ferme*
6643. Philippe Krhajac — *Un dieu dans la poitrine*
6644. Eka Kurniawan — *Les belles de Halimunda*
6645. Marie-Hélène Lafon — *Nos vies*
6646. Philip Roth — *Pourquoi écrire ? Du côté de Portnoy – Parlons travail – Explications*
6647. Martin Winckler — *Les Histoires de Franz*
6648. Julie Wolkenstein — *Les vacances*
6649. Naomi Wood — *Mrs Hemingway*
6650. Collectif — *Tous végétariens ! D'Ovide à Ginsberg, petit précis de littérature végétarienne*
6651. Hans Fallada — *Voyous, truands et autres voleurs*
6652. Marina Tsvétaïéva — *La tempête de neige – Une aventure*
6653. Émile Zola — *Le Paradis des chats*

6654. Antoine Hamilton	*Mémoires du comte de Gramont*
6655. Joël Baqué	*La fonte des glaces*
6656. Paul-Henry Bizon	*La louve*
6657. Geneviève Damas	*Patricia*
6658. Marie Darrieussecq	*Notre vie dans les forêts*
6659. Étienne de Montety	*L'amant noir*
6660. Franz-Olivier Giesbert	*Belle d'amour*
6661. Jens Christian Grøndahl	*Quelle n'est pas ma joie*
6662. Thomas Gunzig	*La vie sauvage*
6663. Fabrice Humbert	*Comment vivre en héros ?*
6664. Angela Huth	*Valse-hésitation*
6665. Claudio Magris	*Classé sans suite*
6666. János Székely	*L'enfant du Danube*
6667. Mario Vargas Llosa	*Aux Cinq Rues, Lima*
6668. Alexandre Dumas	*Les Quarante-Cinq*
6669. Jean-Philippe Blondel	*La mise à nu*
6670. Ryôkan	*Ô pruniers en fleur*
6671. Philippe Djian	*À l'aube*
6672. Régis Jauffret	*Microfictions II. 2018*
6673. Maylis de Kerangal	*Un chemin de tables*
6674. Ludmila Oulitskaïa	*L'échelle de Jacob*
6675. Marc Pautrel	*La vie princière*
6676. Jean-Christophe Rufin	*Le suspendu de Conakry. Les énigmes d'Aurel le Consul*
6677. Isabelle Sorente	*180 jours*
6678. Victor Hugo	*Les Contemplations*
6679. Michel de Montaigne	*Des Cannibales / Des coches*
6680. Christian Bobin	*Un bruit de balançoire*
6681. Élisabeth de Fontenay et Alain Finkielkraut	*En terrain miné*
6682. Philippe Forest	*L'oubli*
6683. Nicola Lagioia	*La Féroce*
6684. Javier Marías	*Si rude soit le début*
6685. Javier Marías	*Mauvaise nature.* Nouvelles complètes

6686. Patrick Modiano — *Souvenirs dormants*
6687. Arto Paasilinna — *Un éléphant, ça danse énormément*
6688. Guillaume Poix — *Les fils conducteurs*
6689. Éric Reinhardt — *La chambre des époux*
6690. Éric Reinhardt — *Cendrillon*
6691. Jean-Marie Rouart — *La vérité sur la comtesse Berdaiev*
6692. Jón Kalman Stefánsson — *Ásta*
6693. Corinne Atlan — *Petit éloge des brumes*
6694. Ludmila Oulitskaïa — *La soupe d'orge perlé* et autres nouvelles
6695. Stefan Zweig — *Les Deux Sœurs* précédé d'*Une histoire au crépuscule*
6696. Ésope — *Fables* précédées de la *Vie d'Ésope*
6697. Jack London — *L'Appel de la forêt*
6698. Pierre Assouline — *Retour à Séfarad*
6699. Nathalie Azoulai — *Les spectateurs*
6700. Arno Bertina — *Des châteaux qui brûlent*
6701. Pierre Bordage — *Tout sur le zéro*
6702. Catherine Cusset — *Vie de David Hockney*
6703. Dave Eggers — *Une œuvre déchirante d'un génie renversant*
6704. Nicolas Fargues — *Je ne suis pas une héroïne*
6705. Timothée de Fombelle — *Neverland*
6706. Jérôme Garcin — *Le syndrome de Garcin*
6707. Jonathan Littell — *Les récits de Fata Morgana*
6708. Jonathan Littell — *Une vieille histoire.* Nouvelle version
6709. Herta Müller — *Le renard était déjà le chasseur*
6710. Arundhati Roy — *Le Ministère du Bonheur Suprême*
6711. Baltasar Gracian — *L'Art de vivre avec élégance. Cent maximes de L'Homme de cour*

6712. James Baldwin — *L'homme qui meurt*
6713. Pierre Bergounioux — *Le premier mot*
6714. Tahar Ben Jelloun — *La punition*
6715. John Dos Passos — *Le 42e parallèle. U.S.A. I*
6716. John Dos Passos — *1919. U.S.A. II*
6717. John Dos Passos — *La grosse galette. U.S.A. III*
6718. Bruno Fuligni — *Dans les archives inédites du ministère de l'Intérieur. Un siècle de secrets d'État (1870-1945)*
6719. André Gide — *Correspondance. 1888-1951*
6720. Philippe Le Guillou — *La route de la mer*
6721. Philippe Le Guillou — *Le roi dort*
6722. Jean-Noël Pancrazi — *Je voulais leur dire mon amour*
6723. Maria Pourchet — *Champion*
6724. Jean Rolin — *Le traquet kurde*
6725. Pénélope Bagieu — *Culottées Livre II-partie 1*
6726. Pénélope Bagieu — *Culottées Livre II-partie 2*
6727. Marcel Proust — *Vacances de Pâques* et autres chroniques
6728. Jane Austen — *Amour et amitié*
6729. Collectif — *Scènes de lecture. De saint Augustin à Proust*
6730. Christophe Boltanski — *Le guetteur*
6731. Albert Camus et Maria Casarès — *Correspondance. 1944-1959*
6732. Albert Camus et Louis Guilloux — *Correspondance. 1945-1959*
6733. Ousmane Diarra — *La route des clameurs*
6734. Eugène Ébodé — *La transmission*
6735. Éric Fottorino — *Dix-sept ans*
6736. Hélène Gestern — *Un vertige* suivi de *La séparation*
6737. Jean Hatzfeld — *Deux mètres dix*
6738. Philippe Lançon — *Le lambeau*
6739. Zadie Smith — *Swing Time*
6740. Serge Toubiana — *Les bouées jaunes*

6741.	C. E. Morgan	*Le sport des rois*
6742.	Marguerite Yourcenar	*Les Songes et les Sorts*
6743.	Les sœurs Brontë	*Autolouange* et autres poèmes
6744.	F. Scott Fitzgerald	*Le diamant gros comme le Ritz*
6745.	Nicolas Gogol	*2 nouvelles de Pétersbourg*
6746.	Eugène Dabit	*Fauteuils réservés* et autres contes
6747.	Jules Verne	*Cinq semaines en ballon*
6748.	Henry James	*La Princesse Casamassima*
6749.	Claire Castillon	*Ma grande*
6750.	Fabrice Caro	*Le discours*
6751.	Julian Barnes	*La seule histoire*
6752.	Guy Boley	*Quand Dieu boxait en amateur*
6753.	Laurence Cossé	*Nuit sur la neige*
6754.	Élisabeth de Fontenay	*Gaspard de la nuit*
6755.	Elena Ferrante	*L'amour harcelant*
6756.	Franz-Olivier Giesbert	*La dernière fois que j'ai rencontré Dieu*
6757.	Paul Greveillac	*Maîtres et esclaves*
6758.	Stefan Hertmans	*Le cœur converti*
6759.	Anaïs LLobet	*Des hommes couleur de ciel*
6760.	Juliana Léveillé-Trudel	*Nirliit*
6761.	Mathieu Riboulet	*Le corps des anges*
6762.	Simone de Beauvoir	*Pyrrhus et Cinéas*
6763.	Dōgen	*La présence au monde*
6764.	Virginia Woolf	*Un lieu à soi*
6765.	Benoît Duteurtre	*En marche !*
6766.	François Bégaudeau	*En guerre*
6767.	Anne-Laure Bondoux	*L'aube sera grandiose*
6768.	Didier Daeninckx	*Artana ! Artana !*
6769.	Jachy Durand	*Les recettes de la vie*
6770.	Laura Kasischke	*En un monde parfait*
6771.	Maylis de Kerangal	*Un monde à portée de main*
6772.	Nathalie Kuperman	*Je suis le genre de fille*
6773.	Jean-Marie Laclavetine	*Une amie de la famille*
6774.	Alice McDermott	*La neuvième heure*

6775. Ota Pavel — *Comment j'ai rencontré les poissons*

6776. Ryoko Sekiguchi — *Nagori. La nostalgie de la saison qui vient de nous quitter*

6777. Philippe Sollers — *Le Nouveau*

6778. Annie Ernaux — *Hôtel Casanova* et autres textes brefs

6779. Victor Hugo — *Les Fleurs*

6780. Collectif — *Notre-Dame des écrivains. Raconter et rêver la cathédrale du Moyen Âge à demain*

6781. Carole Fives — *Tenir jusqu'à l'aube*

6782. Esi Edugyan — *Washington Black*

6783. J.M.G. Le Clézio — *Alma*. À paraître

6784. Emmanuelle Bayamack-Tam — *Arcadie*

6785. Pierre Guyotat — *Idiotie*

6786. François Garde — *Marcher à Kerguelen*. À paraître

6787. Cédric Gras — *Saisons du voyage*. À paraître

6788. Paolo Rumiz — *La légende des montagnes qui naviguent*. À paraître

6789. Jean-Paul Kauffmann — *Venise à double tour*

6790. Kim Leine — *Les prophètes du fjord de l'Éternité*

6791. Jean-Christophe Rufin — *Les sept mariages d'Edgar et Ludmilla*

6792. Boualem Sansal — *Le train d'Erlingen ou La métamorphose de Dieu*

6793. Lou Andreas-Salomé — *Ce qui découle du fait que ce n'est pas la femme qui a tué le père* et autres textes psychanalytiques

6794. Sénèque — *De la vie heureuse* précédé de *De la brièveté de la vie*

6795. Famille Brontë — *Lettres choisies*

6796. Stéphanie Bodet — *À la verticale de soi*

6797.	Guy de Maupassant	*Les Dimanches d'un bourgeois de Paris* et autres nouvelles
6798.	Chimamanda Ngozi Adichie	*Nous sommes tous des féministes* suivi du *Danger de l'histoire unique*
6799.	Antoine Bello	*Scherbius (et moi)*
6800.	David Foenkinos	*Deux sœurs*
6801.	Sophie Chauveau	*Picasso, le Minotaure. 1881-1973*
6802.	Abubakar Adam Ibrahim	*La saison des fleurs de flamme*
6803.	Pierre Jourde	*Le voyage du canapé-lit*
6804.	Karl Ove Knausgaard	*Comme il pleut sur la ville. Mon combat - Livre V*
6805.	Sarah Marty	*Soixante jours*
6806.	Guillaume Meurice	*Cosme*
6807.	Mona Ozouf	*L'autre George. À la rencontre de l'autre George Eliot*
6808.	Laurine Roux	*Une immense sensation de calme*
6809.	Roberto Saviano	*Piranhas*
6810.	Roberto Saviano	*Baiser féroce*
6811.	Patti Smith	*Dévotion*
6812.	Ray Bradbury	*La fusée* et autres nouvelles
6813.	Albert Cossery	*Les affamés ne rêvent que de pain*
6814.	Georges Rodenbach	*Bruges-la-Morte*
6815.	Margaret Mitchell	*Autant en emporte le vent I*
6816.	Margaret Mitchell	*Autant en emporte le vent II*
6817.	George Eliot	*Felix Holt, le radical.* À paraître
6818.	Goethe	*Les Années de voyage de Wilhelm Meister*
6819.	Meryem Alaoui	*La vérité sort de la bouche du cheval*
6820.	Unamuno	*Contes*
6821.	Leïla Bouherrafa	*La dédicace.* À paraître

6822. Philippe Djian — *Les inéquitables*
6823. Carlos Fuentes — *La frontière de verre.* Roman en neuf récits
6824. Carlos Fuentes — *Les années avec Laura Díaz.* Nouvelle édition augmentée
6825. Paula Jacques — *Plutôt la fin du monde qu'une écorchure à mon doigt.* À paraître
6826. Pascal Quignard — *L'enfant d'Ingolstadt. Dernier royaume X*
6827. Raphaël Rupert — *Anatomie de l'amant de ma femme*
6828. Bernhard Schlink — *Olga*
6829. Marie Sizun — *Les sœurs aux yeux bleus*
6830. Graham Swift — *De l'Angleterre et des Anglais*
6831. Alexandre Dumas — *Le Comte de Monte-Cristo*
6832. Villon — *Œuvres complètes*
6833. Vénus Khoury-Ghata — *Marina Tsvétaïéva, mourir à Elabouga*
6834. Élisa Shua Dusapin — *Les billes du Pachinko*
6835. Yannick Haenel — *La solitude Caravage*
6836. Alexis Jenni — *Féroces infirmes*
6837. Isabelle Mayault — *Une longue nuit mexicaine*
6838. Scholastique Mukasonga — *Un si beau diplôme !*
6839. Jean d'Ormesson — *Et moi, je vis toujours*
6840. Orhan Pamuk — *La femme aux cheveux roux*
6841. Joseph Ponthus — *À la ligne. Feuillets d'usine*
6842. Ron Rash — *Un silence brutal*
6843. Ron Rash — *Serena*
6844. Bénédicte Belpois — *Suiza*
6845. Erri De Luca — *Le tour de l'oie*
6846. Arthur H — *Fugues*
6847. Francesca Melandri — *Tous, sauf moi*
6848. Eshkol Nevo — *Trois étages*
6849. Daniel Pennac — *Mon frère*
6850. Maria Pourchet — *Les impatients*

Composition Igs
Impression Maury Imprimeur
45330 Malesherbes
le 03 août 2021
Dépôt légal : août 2021
Numéro d'imprimeur : 256284

ISBN 978-2-07-289754-2 / Imprimé en France.

367342